一定要買這本書的 11 大理由

1 跨領域，國內大學體系跨領域推薦的韓語學習書，國立高雄第一科技大學—孫思源博士（管理學院院長）、國立雲林科技大學—徐啟銘博士（教育部區域產學合作中心主任）以及國立嘉義大學—王永一、鄒美蘭（韓語老師）老師強力推薦；

2 兩岸三地最具學習效果教材，陳慶德老師新著，特別收錄專文：[韓語語境學習的重要性]、[基礎韓國語發音規則總整理]，建立學員們學習韓國語大方向；

3 全台首本，透過韓國人常用的敬語、半語句型，分析韓語句型中內含的文法規則、應用，讓您韓語能力不再停留在初級，更上一層樓；

4 韓國語不規則變化怎麼使用？動詞（形容詞）名詞化文法不懂？趕快透過此書生動的短句來學習、來體驗兩岸三地超過十萬名讀者閱讀過的陳老師韓語句型、語脈分析吧；

5 跨國界，眾位韓籍老師極力推薦的中韓語脈分析書籍，標示漢字註解、相近句型以及敬語型態，連韓國人也說讚的韓語學習書第三波；

6 「我白問了」、「你很機車ㄟ」、「你不要再作秀了！」或者「老蘇（老師）」，用韓國語要怎麼說呢？最精準的中文語感解說，讓您體會到韓國語短句的魅力；

7 「ㅋㅋㅋ」、「착한 척하지 마.」、「제발 좀 살자.」韓國年輕人每天都在說的話，您還沒有學到嗎？

8 課堂上韓國語老師講不太清楚、說明不清的句型，在這裡您都可以找到答案，最認真地寫作、最驚豔地語言脈絡分析，讓您體會到韓國語句型的「語境」；

9 「語脈分析」舉一反三學習法，您從來沒有見過的，這麼精彩的韓國語句型講解。

10 網路插畫家—韓國羊＆日本獅跨刀插畫，首爾音方言大對決，讓您體驗到方言的可愛處；

11 特聘韓國首爾標準音，洪智叡（韓籍老師），共計140分鐘，大份量全文，超過一千句以上錄音。

目 錄

推薦序一

　　從韓國梨花女子大學畢業，攻讀完韓國壇國大學 EMBA 研究所課程之後，來在台灣居住也快有三十餘年的時間，我一直在中南部大專院校教導管理、經營科目，但是最近十年，見到台灣掀起一波波的韓風，原本只教導管理學院的經營、國際禮儀課目的我，也漸漸跨領域的朝向教導韓國語課程。

　　人說：「隔行如隔山」，在我教導韓國語時，深深體會到這句話所言不假，雖然我有著二十多年的口譯經驗，曾在嘉義青商會、獅子會在與韓國當地締交姊妹會以及大大小小的商業活動上，進行過即席的口譯；也曾協助嘉義私立大同大學在與韓國學校締結姊妹校以及學生交流活動時，替他們主持過大大小小的活動，但是教韓國語對我而言卻是另外一個新的挑戰領域。要一位韓國華僑，教導他人自己每天講的韓語結構，在話語中區分動詞、名詞、時態以及語尾變化等等，這無非就好像是要一位在比賽游泳池中熟悉身體本能的好手，來到陸地上來分析自己怎麼在水中踢水、換氣以及配速，的確這是個難題。

　　正當我閱覽著台灣坊間眾多韓國語教材，內容不是太簡單，就是太艱難，不是太省略文法的分析，就是突然塞進一堆文法到教材中，適時目前就讀南韓最高學府，國立首爾大學（Seoul National Univ.）—陳慶德老師的出現，在幾次的見面，他恭遜有禮的態度以及內斂個性讓我留下很深的印象；而在有一天與他交流教導韓國語的經驗時，剛好也提到台灣坊間韓國語教材的亂象，只見慶德他眼中閃著堅定的眼光，對我說：「不然，鄒老師，我們自己來寫一本吧！」，就因為他這句對教育充滿熱忱的話，讓我跟他進行寫作《簡單快樂韓國語1》（統一出版社）韓國語教材書的計畫，而在 2009 出版了首刷，這是少見的由台灣人角度，國人自行編寫的韓國語教材。

　　而他也因為他自己這句話，之後全身投入到寫作韓國語教材以及分析韓國語文法的領域，且不藏私地樂於跟他人分享他的所得。

我想他是一位不滿足於現狀，不怨也不恨，而只是內斂地試圖用自己的力量去默默改變環境的學者。

　　目前慶德除了在韓國國立首爾大學中，一方面鑽研自己繁忙的專業論文研究之外，在他課暇之餘，總會重新反省自己的所得，寫作分享出來，在兩岸三地陸陸續續出版了近十本韓國語著作，翻譯作品也近二十餘本，每次他寫作出來的書，總是讓我感到驚訝，原來韓國語還有這一層面，原來可以從這個角度來看韓國語，讓我這位韓國華僑也在他的著作中學到很多東西。

　　而這次，陳老師慶德為了台灣學員，編寫了《手機平板學韓語迷你短句─從「咯咯咯」（ㅋㅋㅋ）開始》一書，在出版之際，獲邀寫作推薦序，我也倍感光榮，相信這一本會是有助於國內學習韓國語學員，故在此我很樂意極力推薦慶德老師此著作。

推薦人：鄒美蘭
韓國梨花女子大學畢業
國立嘉義大學語言中心韓國語講師
國際獅子會口譯、國際同濟會關係顧問

推薦序二

韓國，梨花女子大學─金英美（翻譯研究所碩士）老師推薦文

안녕하세요.

대만의 한국어 학습자 여러분! 책으로나마 이렇게 인사드릴 수 있게 되어 반갑습니다. 저도 예전에 여러분처럼 대만에서 열심히 중국어를 공부하던 시절이 있었습니다. 그 때는 대만 사람들이 하는 말을 모두 알아 듣기만 해도 소원이 없을것 같았는데 그 때 열심히 배운 중국어로 관련된 일을 하고 있고 또 이렇게 여러분을 만나게 되니 정말 뿌듯합니다.

이 책을 쓰신 진경덕 선생님은 한국 서울대학교에서 박사과정에 있으시면서 가장 근거리에서 한국인과 한국문화에 대해 연구하신 분이십니다. 그리고 그 배움에서 얻은 지식들을 다른 분들과 나누기 위해 꾸준히 집필도 하고 계십니다. 그런 진경덕 선생님의 노력에 조금이나마 도움이 되고자 저도 이렇게 함께 하게 되었습니다.

외국어를 배우는데 있어서 가장 중요한 것은 인내심 입니다.

처음 외국어를 배우는 학습자들이 범하는 가장 큰 오류는 외국어 실력이 빨리 늘지 않는다고 지례 포기해 버리는 것이지요.

이 책을 보는 여러분들은 절대 포기 하지 않고 죽을 때까지 공부하겠다는 각오로 끝까지 열심히 한국어 공부에 매진 하셨으면 합니다.

저도 오랫동안 중국어를 공부해 온 학습자로서 저희 경험을 밑바탕 삼아 여러분들께 꼭 해주고 싶은 말이 있습니다. 외국어를 배움에 있어 지름길은 없습니다. 그저 꾸준히 바보같이 열심히 하는 것이 최고의 왕도라고들 하지요. 그러나 저는 분명히 가장 효과적인 길이 있다고 생각합니다. 그리고 여러분께 그 효과적인 길에 대해 말씀을 드리려고 합니다.

첫째. 그 나라 사람들과 문화를 사랑하세요. 그 나라 사람들과 문화에 대한 애정이 없다면 좀처럼 관심이 가지 않게 되고 그러면 열심히 탐구하려는 마음이 생기지 않겠죠. 마치 사랑에 빠진 연인처럼 그 나라와 연애를 하신다면 즐거운 마음으로 공부를 할 수 있을 뿐만 아니라 상상이상의 학습 효과를 보실 수 있을 것입니다.

둘째 얼굴이 두꺼워 져야 합니다. 절대 틀리거나 남들 앞에서 말하는 것을 부끄러워하지 마세요.

더 많이 넘어지고 더 자주 창피당한 자만이 남들 보다 더 얻어 갈 수 있답니다. 혼나면서, 창피당하면서 배운 것들이 더 오래 기억에 남는다는 사실을 기억하세요.

셋째 문장을 많이 외우고 모방하세요. 우리가 그 나라에서 태어나 자라지 않는 이상 모든 것을 노력없이 습득할 수는 없답니다. 특히 고급으로 갈수록 좋은 표현은 외워서 쓰고 멋진 말은 통째로 외워서 여러 번 써보는 연습이 필요합니다.

넷째 큰 소리로 많이 읽으세요. 지금부터 이 문장을 500 번 읽겠다는 각오로 모든 열심히 큰 소리로 읽으세요. 어느샌가 나도 모르게 그 문장의 표현들을 말하고 있는 자신을 발견할 수 있을 것입니다.

수확의 계절 봄입니다. 여러분도 우리 책을 통해서 내년 봄에는 꼭 큰 수확 거두시기를 바랍니다. 공부 열심히 하세요!

2015 년 2 월 1 일
서울에서 김영미 드림

書序

［韓語語境學習的重要性］ 國立首爾大學 博士候選人 陳慶德撰

「一位作家首先要學會的技巧，就是如何將他感受到的轉換成他想要讓人家感受到的。前面幾次的成功都是偶然。但接下來偶然一定要被才情所取代。」（卡繆, Camus,1913—1960）

「要做一個好的創作者，必須訓練你的觀察力。」（王文興，《家變六講》）

筆者於 2013 年於在台灣經營語言書籍多年有方的 -- 統一出版社，出版的《韓語超短句—從「是」（네）開始》，以及《韓半語—從「好啊」（글）開始》，一直受到讀者、學員們的喜愛，在此真的要特別感謝購買、閱讀筆者韓語書籍的讀者們。

而這兩本書，如同在書序中，筆者自己提及到，自己親身在韓國留學時，與韓國友人交往、對談時，以他們常用到的短句，來分析語言在語脈中所使用的狀況。寫作格式、風格，可以說是不同與一般坊間中，韓文文法書，或者是韓語短句之類的寫作方式而編寫而成的，主要的目的乃是在於，讓學員在學習韓語時，更能體會到語言所使用的「正當場合」、「使用時機」。筆者想，有閱讀過這兩本書的學員一定可以深深體會到筆者著作跟其他書的差異性吧？

而這一本《手機平板學韓語迷你短句—從「咯咯咯」（ㅋㅋㅋ）開始》，可以說是繼承前面兩本書寫作風格而來，同樣的也是由筆者在當地，觀察韓國人日常生活常用到的短句，（如書名的設計，我想學員們就可以明顯地感受到）首先依據著句型的字數編排之，除了我們在分析韓語短句時，特別標示出漢字，講解使用的場合、時機以及深層的涵意之外，筆者在這本書內，還特別加入韓文文法講解，而這樣的動機，莫過於在使閱讀過前面兩書的學

員、讀者們，從最基本的敬語、學習到進階的半語之後，而來到第三本書，則是以在書中的敬語以及半語句型的搭配，學習到韓國人常用到的句型之外，且一個綜觀式的文法來幫各位學員統整起這一套書籍的學習效果。我想這樣的編排方式有助於學員在使用韓語的正當性，以及正確性的。

　　而此書的文法，筆者特別花了很大的心力，精選了在學習初中級韓文中常常用到的文法，諸如韓國語中所謂的「不規則變化」、形容詞以及動詞的否定型、被動式文法，以及動詞（形容詞）名詞化文法變化…等等之外。筆者在這一本小書中，也分享了幾個在韓國當地常使用到的「慣用語」、「諺語」，如我們要表達「不可能」一意，若是學員能用上「하늘의 별 따기．」（像摘天上的星星一般）一語，在將來與韓國人對談時，除了能更精準的表達出自己的語意之外，更能讓韓國人對我們的韓語能力刮目相看之。

　　而最重要的是，此書還有筆者自己在學習韓文時，自己的所思所得，分享給各位；如韓國語的形容詞、副詞使用法、需要注意的地方，以及擺放的位置，或者是韓語漢字與我們熟悉漢字有什麼差別…等等，屬於自己經驗的分享，也希望藉由這樣的分享，可以讓學員們更加體會到韓國語深層的一面，而不是像以其他韓文書籍學習一般，抱本書死背其中的句型、意思，照本宣科。我想以上的這幾點，學員們在閱讀過筆者所編著的韓語教材、學習書籍，一定能深深體會之。

　　當然，而在此書中附錄中，特別收錄筆者發表過的專文，即 [基礎韓國語發音規則總整理] 一文，來作為此書的整體架構最後一部份，來讓學員們注意到韓語發音時規則以及多加留意處。

　　繼之，在筆者多年的韓語教學，以及韓語文法、書籍寫作，以及引進好的韓文書籍到台灣的文字經營路上，筆者也認識了許多對於韓國文化、韓語有興趣的朋友，故在此書中，筆者要好的網路插畫家—韓國羊 & 日本獅（官方網站：http://www.facebook.com/naokoreachijapan），特別跨刀，在附錄一個有趣的單元—「首爾音 VS. 釜山音、全羅道方言」的講法，在其中加入了精美的插畫，我想這她的插畫讓此書更添年輕活力、生氣的。

最後，書的付梓時，我要特別感謝智寬文化—陳編輯宏彰大哥精心編排之外，還特聘韓國首爾音錄音師—洪智叡老師錄音，讓讀者可以聽到一口流利且標準的首爾音；以及撰寫推薦文的鄒老師美蘭（任職於國立嘉義大學語言中心），以及在書中給予極多意見的韓籍老師—金英美(김영미)、金玟愛(김민애)，以及在韓國當地李寶英（이보영）博士、慎希宰（신희재）老師等人聯名署名推薦；而同時更要感謝肯定敝人拙作，高雄第一科技大學管理學院院長—孫博士思源，以及國立雲林科技大學，教育部區域產學合作中心主任—徐博士啟銘以及王教授永一老師（國立嘉義大學通識中心）的跨領域推薦，讓這本書更添光彩；同時，也感謝我的那一群可愛的學生在課堂上跟我的互動，激盪出這本小書。以及讀者們的購買，一種實質地肯定，讓我們對於韓文教材書這塊領域更進一步、更有信心，更讓大家知道，哪些是好的語言學習書寫作者，謝謝您們。

　　當然，書中若有任何謬誤以及錯字，理當由我負起責任，也敬請各方大家指教，謝謝。

陳慶德 敬上
於國立首爾大學冠岳山研究室
2015 年 2 月 乙未年 春

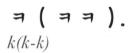
ㅋ（ㅋㅋ）.
k(k-k)

咯咯笑。

語脈分析

在韓國當地，很多「年輕人」(젊은이 *jeol-meu-ni*) 也是有著像我們中文的簡寫，比如，這句話「ㅋㅋㅋ *(k-k-k)*」就是一個狀聲詞，類似我們中文「咯咯笑」的中文注音「ㄎㄎㄎ」，而用法也就是用在聽到好笑的事時，所寫、所用之狀聲詞，類似的狀聲詞還有：「ㅎㅎㅎ *(h-h-h)*」、「하하하 *(ha-ha-ha)*」以及「허허허 *(heo-heo-heo)*」等等，都是表達笑聲的。

쭉.
jjuk.

一直、持續地。

語脈分析

「쭉 *(jjuk)*」這個字，代表著「一直、持續地」副詞的意思，發音可是比「줄 *(jul)*」相似音的字重喔，而「줄 *(jul)*」為「細繩」的意思，如「핸드폰 줄 *(haen-deu-pon jul)*」（手機吊飾）、「머리 줄 *(meo-ri jul)*」（髮圈、髮繩）等意思，請學員要特別注意喔，而「쭉 *(jjuk)*」的用法，如底下例句：

가：쭉 가면 공원이 바로 나와 .　一直走下去，就會看到公園囉。
　　jjuk ga-myeon gong-wo-ni ba-ro na-wa.

가：민애가 물 쭉 마셔버렸어 .　玟愛她一口氣就把水喝完了。
　　mi-nae-ga mul jjuk ma-syeo-beo-ryeo-sseo.

잔 .
jan

乾杯。

語脈分析

「잔 *(jan)*」一詞原本是漢字「盞--」，且為一個量詞，也就是「杯」的意思，如底下一例：

가 : 커피 한 잔 주세요 . 請給我一杯咖啡。
　　 keo-pi han jan ju-se-yo.

但是在韓國人生活中，這個單字又可以單獨引申出「乾杯」的意思，意思如同我們之前學過的「건배 *(geon-bae)*」。如底下有關於「乾杯」的說法：

한잔 해 . *han-jan hae.* 　　　　　　잔 . *jan.*

같이 잔 . *ga-chi jan.* 　　　　　　건배 . *geon-bae.*

都是一樣的意思喔。

개 .
gyae.

他（她）、那傢伙、那朋友。

語脈分析

若是我們在「朋友」（친구 *chin-gu*）見面時，提到不在場的第三者（他、她）時，「개 *(gyae)*」就當作人稱代名詞來指稱第三者時，還有相類似的詞語，即：「개 *(gyae)*」、「쟤 *(jyae)*」兩語。而主要的差別是，我知你不知道人、或者第一次言及到他，用「애 *(yae)*」；而你知道我也知道，在話題中，有其共識的他時，使用「개 *(gyae)*」；

翻譯成中文，有「那傢伙」、「那個人」的意思存在。如底下一例：

가 : 애가 어디 갔어 ?　　　　他去哪了？
yae-ga eo-di ga-sseo?

나 : 누구 ?　　　　誰啊？
nu-gu?

가 : 경덕이 .　　　　慶德啊。
gyeong-deo-gi.

나 : 걔가 학교에 갔어 .　　　　他去學校了。
gyae-ga hak-kkyo-e ga-sseo.

개 .
gae.

爛…、狗…。

語脈分析

學員們一定會感到「奇怪」（이상하다 *i-sang-ha-da*），這裡怎麼會出現一個「개 *(gae)*」字呢？其實這也是韓國年輕人常用到的發語詞，也就是我們在之前有學習到，「개 *(gae)*＋名詞」大多呈現出：「否定意味」的語氣出現，如我們聽到朋友講了不可理喻的話，就可以說：

> 가：무슨 개소리 한거야？你說那什麼鬼話啊？
>
> *mu-seun gae-so-ri han-geo-ya?*

而在這裡我們可以看到「개 *(gae)*」後方加的是「소리 *(so-ri)*」（聲音）一詞，來表達否定意味。

但是相反的用語，也就是：「짱 *(jjang)*」，即「짱 *(jjang)*＋名詞」大多呈現出「肯定意味」的語氣出現，如，韓國女生稱讚帥氣、有禮貌的男生，會說：

> 가：오빠 완전 짱이다 . 哥哥真的太棒了。
>
> *o-ppa wan-jeon jjang-i-da.*

或者是直接以「짱짱맨 *(jjang-jjang-maen)*」(好男生) 單詞來稱讚之。

而這裡的「짱 *(jjang)*」等同於肯定意味的副詞：매우 *(mae-u)*, 참 *(cham)*, 무척 *(mu-cheok)*.

除此之外，還有「왕 *(wang)*」（漢字：王 --），這個字也可在韓國當地可見，比如特別大、特別香的包子店，都會在店門外寫上一個「왕만두 *(wang-man-du)*」，或者是賣香噴噴豬腳的商家也會寫上「왕족발 *(wang-jok-ppal)*」，來表示自己的產品很棒。

所以我們可以看到的是，這裡的「짱 *(jjang)*」以及「왕 *(wang)*」都有表達「肯定意味」的字根的意思出現喔。

쳇.
chet.

切！

我們在此書第一個句子，言及到韓國語的發語詞「ㅋㅋㅋ *(k-k-k)*」（ㄎㄎㄎ），而在這裡「쳇 *(chet)*」（切！）以及底下的幾個單字，都可表達感嘆、心情意思的發語詞，如：「힝 *(hing)*」（嗚嗚），「흥 *(heung)*」（哼）、「풋 *(put)*」（噗噗笑），以及「쉿 *(swit)*」（噓，hush）等等，而這些語詞在語言學上專有名詞為所謂的「擬聲詞」（의성어 *ui-seong-eo*）。

擬聲詞，顧名思義，就是模仿他人事物的聲音，而發造之詞，如同底下幾個例字：

擬聲詞（의성어 *ui-seong-eo*）：

개굴개굴 *gae-gul-gae-gul*	青蛙呱呱叫
짹 짹 *jjaek-jjaek*	小鳥吱吱叫
멍멍 *meong-meong*	小狗汪汪叫
꼬끼오 *kko-kki-o*	雞咯咯叫
따르릉 *tta-reu-reung*	電話響聲
탕탕 *tang-tang*	槍聲碰碰
두근두근 *du-geun-du-geun*	心跳聲

除此之外，還有所謂的「擬態詞」(의태어 *ui-tae-eo*)，也就是，模仿他人事物外貌，而形成之詞，如同底下幾個例字：

擬態詞（의태어 *ui-tae-eo*）：

아장아장 *a-jang-a-jang*	搖搖晃晃地
살금살금 *sal-kkeum-sal-kkeum*	偷偷摸摸地
쑥덕쑥덕 *ssuk-tteok-ssuk-tteok*	嘀嘀咕咕地
깡충깡충 *kkang-chung-kkang-chung*	蹦蹦跳跳地
알쏭달쏭 *al-ssong-ttal-ssong*	模模糊糊地
울퉁불퉁 *ul-tung-bul-tung*	凹凸不平地
느릿느릿 *neu-rin-neu-rit*	慢吞吞地

而就筆者的觀察，以及在其他陋作分析過的一點，韓國語語系的形容詞以及描繪抽象具體事物的能力極為強大，遠勝於西方英文、德文語言，因為後者是在動詞範疇上，利用字首、字根以及字尾來派生出無窮的動詞；但是在韓國語中的強項則是在形容詞範疇上，如，表達「溫暖的」或是「熱的」形容詞就有底下十幾個：따뜻한 *tta-tteu-tan*, 온난한 *on-nan-han*, 데우다 *de-u-da*, 포근포근한 *po-geun-po-geun-han*, 열렬한 *yeol-lyeol-han*, 두꺼운 *du-kkeo-un*, 더운 *deo-un*, 뜨거운 *tteu-geo-un*, 흥분한 *heung-bun-han*, 무더운 *mu-deo-un*, 맹렬한 *maeng-nyeol-han*, 가열한 *ga-yeol-han*…等等，因此我們可以說，韓國語語系（或者放大到所有的東方語系），若跟西方語言比較起來，特色為：「弱動詞，強形容詞」。

츄 .

chyu.

親一個。

我們在之前有學過，「親一個」韓語為：뽀뽀 *ppo-ppo*，或者是「親吻」：키스 *ki-seu*。

而同樣的，在這裡，韓國年輕人常以一個簡單的發語詞，即「츄 *(chyu)*」，外來語為英文的：「chuu」來撒嬌，韓國女生多用來跟男朋友討取親吻時用之。

쌤 .

ssaem.

老蘇。（老師）

跟台灣比較起來，韓國學生對於老師是比較尊重的，如在韓國當地學校，很少看到學生上課吃早餐、喝飲料的，換句話說，在韓國老師的權威是比較大的。而主句，「쌤 *(ssaem)*」則是把敬語的「老師」（선생님 *seon-saeng-nim*）一詞簡化，同時也有用在比較親密師生關係中，意近中文的：「老蘇」（老師），多見於國高中生叫老師時使用；當然，在大學、研究所，我們看到老師，還要要乖乖地叫：「교수님 *(gyo-su-nim)*」（教授大人）。

깡패 .
kkang-pae.

流氓。

語脈分析

我想誰都不希望遇到「流氓」吧？但是學員們知道「流氓」這個韓語單字是什麼呢？也就是「깡패 (kkang-pae)」。

除此之外，補充給學員的是，比起「流氓」屬於更低一層的「俗仔」，為：「양아치 (yang-a-chi)」；而又更低一點，形容一個人每天遊玩、不喜歡去學校唸書的「小混混」即：「날라리 (nal-la-ri)」；而比起「流氓」更大尾的就是「大哥」，即：「보스 (bo-seu)」或者是「형님 (hyeong-nim)」也可以喔。但是，若是我的老大是大姊頭的話，就要叫：「누님 (nu-nim)」或者是「사모님 (sa-mo-nim)」。

맛집 .
mat-jjip.

好吃的店、美食的店。

語脈分析

在這一本韓文句型，我們在後面陸陸續續都會教到韓國當地人常用的「縮語」，如同此主句，就是：「맛있는 집 (ma-sin-neun jip)」的縮語囉，意思為：「好吃的店、美食的店」。

這主句也經常用在邀約對方時，詢問對方吃飯時，有無好吃的店喔，如底下一例：

가 : 민애야 . 강남역 근처의 맛집 추천해 줘 .
mi-nae-ya. gang-na-myeok geun-cheo-ui mat-jjip chu-cheon-hae jwo.

玟愛啊，推薦一下江南站附近好吃的店吧。

완전 .
wan-jeon.

太棒了。

語脈分析

「완전 (*wan-jeon*)」漢字為：「完全 --」本來是個副詞，但這樣的副詞也在韓國年輕人嘴上，當作一句話來使用喔，即表示：「太棒了」、「太讚的」的意思，而多用在於肯定、正面的語氣上，後面大多省略其正面的肯定形容詞喔，如底下一例：

가 : 맛이 어때 ? 味道怎麼樣呢？
ma-si eo-ttae?

나 : 이 김치찌개 완전 (맛있어). 這泡菜鍋，太好吃囉。
i gim-chi-jji-gae wan-jeon(ma-si-sseo).

가 : 오빠 완전 (멋있어 .) 哥哥真的太帥、太棒了。
o-ppa wan-jeon (meo-si-sseo.)

밀당 .
mil-dang.

欲擒故縱（談戀愛時用語）。

語脈分析

「밀당 *(mil-dang)*」這個單字很有趣，原本意思是「拉扯」，而此語多出現在韓國年輕人談戀愛時所用到之語，比如說明明就是女生就想跟這男生約會，但是女性有其衿持，第一次往往都會拒絕男生，來測試一下這個男生是否真心？是否還是會約第二次呢？或者是，比如故意晚回電話、晚回短訊，讓戀愛的對方心急如焚，也就是類似中文「欲擒故縱」、「搞曖昧」的意思。

공감 .
gong-gam.

有同感、我也表贊同。

語脈分析

現在網路無國界，在韓國也有「臉書」的存在，而除了按讚之外，韓國人看到心有戚戚焉的文章或者是圖片，也會在回文中以簡單的「공감 *(gong-gam)*」（漢字「共感 --」）來回應之，若是要表「非常對」、「你說的他 X 的太中肯了」，就會搭配上我們前面學過的「개 *(gae)*」，形成：

가 : 개공감 .
　　 gae-gong-gam.

존나.

jon-na.

機車。

（욕 *yok*），多出現在韓國年輕高中口語中，當作發語詞，也就是類似中文「機車」、「非常」的意思，多附加在負面、否定的層面上，比如在零下十幾度的天氣出門，或者是喝到難喝又貴的咖啡（커피 *keo-pi*），這時候韓國人一定會說出這樣的一個發語詞，相近之詞還有「열라 *yeol-la*」一語。

가：오늘 존나 추워！

　　o-neul jjon-na chu-wo!

가：이게 뭐야．존나 맛없네．

　　i-ge mwo-ya. jon-na ma-deom-ne.

除此之外，還有「겁나 (*geom-na*)」一副詞，此與類似主句的「존나 (*jon-na*)」之外，但強度不及於此，且強度又在於我們之前學到的「개 (*gae*)--」之上。而「겁나 (*geom-na*)」後方可以接肯定、否定句型，來表達「出乎我意料地」、「有點煩人地」的意思，如底下例子：

가：이 삼계탕이 겁나 맛있어．這蔘雞湯有夠好吃。

　　i sam-gye-tang-i geom-na ma-si-sseo.

나：오늘 겁나 추워．今天很冷（冷到我都快生氣了）。

　　o-neul kkeom-na chu-wo.

다：일곱 시간 알바해서 겁나 피곤해．打工打了七小時，累死我了。

　　il-gop si-gan al-ppa-hae-seo geom-na pi-gon-hae.

셀카 .
sel-ka.

自拍。

韓國「手機」(핸드폰 *haen-deu-pon*) 淘汰率極高,我想這是眾所皆知的,因為在韓國當地,智慧型手機可以說每個月都有新型機種問世,且在筆者寫作此書時(2013.12),韓國電信業已經發展到 5G 系統,真的讓台灣望塵莫及啊,希望台灣也能加油喔。而有手機,在韓國「自拍」的風氣也極為盛行喔,而「自拍」的韓語即是:「셀카 *(sel-ka)*」,為「self-carmer」的縮語喔。

땡큐 .
ttaeng-kyu.

30、謝謝。

韓國很多流行語,大多藉由韓語本身即是拼音文字,來拼出「外來語」(외래어 *oe-rae-eo*)的音表現出來,如我們介紹到的「自拍」(셀카 *sel-ka*) 就是一個代表例子,而大家熟悉的「謝謝您」,在年輕人口中,已經不再是標準的:감사합니다 . *gam-sa-ham-ni-da.* 고맙습니다 . *go-map-sseum-ni-da.*

取而代之的是「땡큐 *(ttaeng-kyu)*」,而這也是「外來語」(외래어 *oe-rae-eo*) 的「thank you」的拼寫喔,類似我們中文語境的「3Q」,而相同意思的韓語還有:「쌩유 *(ssaeng-yu)*」。

짬뽕 .
jjam-ppong.

混酒喝。

提到「짬뽕 *jjam-ppong*」這一詞，大家一定會覺得好奇，這不是中華料理的「海鮮炒馬麵」（一名為：조마면 *jo-ma-myeon*）嗎？但是，除了指稱餐點的意思之外，在韓國年輕人生活中，多把這個詞用在形容「混酒」上，就如同一個人喝完「啤酒」（맥주 *maek-jju*）、又喝「洋酒」（양주 *yang-ju*）、又喝「燒酒」（소주 *so-ju*）…等等，如同「海鮮炒湯麵」一般，把蝦子、魷魚、青菜、辣椒、高麗菜等等眾多食材加在一起而成一道料理，而這時候，韓國人把形容混酒喝的行為，稱為「짬뽕 *(jjam-ppong)*」。

레알 ?
re-al?

真的嗎？

這也是一個外來語，從「real--」英文而來，用來表示當我們聽到不可置信的消息，進一步詢問對方：「你說的是真的嗎？」、「for real？」的意思，相近的表達語還有：진짜 ? *jin-jja?* 정말 ? *jeong-mal?*
除此之外，還有由漢字「實話 --」二字引申而來的「실화 *(sil-hwa)*」，同樣也用來表達自己所說的事情是「真實」（현실 *hyeon-sil*）、「我說的是真的」等意思。

타임 .
ta-im.

等一下、暫停一下。

在韓國年輕人口中，原本用來表達「等一下」、「暫停一下」意思的傳統韓語有：잠깐만 *jam-kkan-man*、잠시만 *jam-si-man*。

但在現今 21 世紀地球村社會，往往受到西方語言影響，以上所言的兩語，可在當地聽到他們以「타임 *(ta-im)*」來取代之，沒錯，主句就是借用英文「time--」外來語而形成的句子。

출세 .
chul-se.

翅膀硬了、有出息。

「출세 *(chul-se)*」由漢字「出世 --」二字而來，多用來描述一個人「翅膀硬了，可以獨當一面」，或者是「有出息」等意思。屬於正面意思的用語。

가 : 이제 너 혼자서 외국에 나가다니 정말 출세했네 .
　　i-je neo hon-ja-seo oe-gu-ge na-ga-da-ni jeong-mal chul-se-haen-ne.
　　現在你都可以一個人去國外了，真的是翅膀硬了。

민폐 .
min-pye.

有礙觀瞻。

語脈分析

不知道大家是否能夠容忍，在公共場合，如「咖啡廳」（커피숍 *keo-pi-syop*）、「大馬路上」（길거리에서 *gil-geo-ri-e-seo*），男女朋友當眾接吻、做出太令人親熱的動作呢？而這種「有礙觀瞻」的韓語要怎麼表達呢？也就是「민폐 *min-pye*」一詞，由漢字「民弊」引申而來的，原意就是「對他人造成困擾」（민간에게 끼치는 폐해 *min-ga-ne-ge kki-chi-neun pye-hae*, a public nuisance）；雖然這樣的解釋有點類似我們中文的「公害」（韓文也有此一詞：공해）但是，在韓國中的「公害」，大多是指污染物影響到生活品質，如空氣污染、河流污染，才以「공해 *(gong-hae)*」（pollution, environmental disruption）一詞來言之，所以這兩者還是有差別的，可別直接套用中文模式進去思考喔，雖然中文的「公害」一詞也可以包含主句的韓文意思。

除此之外，這個詞也可以引申出，如在韓國最後一班捷運、地鐵，往往有一些酒醉女，大搖大擺的一個人佔了兩個位子呼呼大睡，這樣的女生也被韓國人指責為：「민폐녀 *(min-pye-nyeo)*」（造成他人不方便的女生）。

초딩.
cho-ding.

國小生、幼稚鬼。

「초딩 *(cho-ding)*」原本意指是「國中生」（초등학교 학생 *cho-deung-hak-kkyo hak-ssaeng*），但是引申到日常生活中，有點在指責他人專門做出一些幼稚（유치하다 *yu-chi-ha-da*）的事情、講一些幼稚的話，即：「幼稚鬼」的意思。

병신.
byeong-sin.

廢物。

這句話也屬於髒話的一種，由漢字「病身 --」一詞引申而來的，看漢字我們就知道，指得就是：「身體有缺陷、殘障」，類似中文：「廢物」的意思。相近的意思，還有比上者較輕微的：「你神經病啊？」、「腦子燒壞啊？」的說法，也就是由漢字「熱病 --」引申出來的髒話：（열병 . *yeol-byeong.*）而以上兩句，也請學員小心使用，聽得懂就好囉。

원수.
won-su.

對手、仇人、死對頭。

語脈分析

不知道大家有沒有對手、或者是仇人的人存在呢？我想大家最熟悉的一對，應該是「既生瑜，何生亮」的《三國志》諸葛孔明跟周瑜吧？而在韓文中，要來表達「對手」、「仇人」的語詞，則是有著漢字的「怨讐」一語的主句，還有「敵 --」（적 *jeok*），以及從英文外來語「rival--」（라이벌 *ra-i-beol*），都可以表達出：「死對頭、對手以及敵人」等意思，如底下一例：

가 : 그는 나와 영원히 라이벌이야.
　　geu-neun na-wa yeong-won-hi ra-i-beo-ri-ya.
　　他跟我是永遠的對手。

몸짱.
mom-jjang.

身材很棒、猛男、辣妹。

語脈分析

「몸 (mom)」指得是「身體」、而「짱 (jjang)」我們在前方已經學習過了，就是「很棒」、「很讚」的意思，而兩個單詞合在一起所形成的意思，就是用來稱讚「身材很棒（的男、女生）」，有「猛男」、「辣妹」的意思存在喔。有趣的是，因為韓國人重於健身，在韓國當地的衣服可以說是越做越小件，而要穿上這種小號衣服，非得是「짐승남 (jim-seung-nam)」（禽生男 --, 肌肉男）不可囉。

除此之外，還可以補充給大家的是，萬一「臉孔」（얼굴 eol-gul）長得很美，如天使般，也可以說成「얼짱 (eol-jjang)」，這為其縮語。

허세.
heo-se.

虛張聲勢的人、空架子。

語脈分析

由漢字「虛勢 --」引申而來的的一句話，也就是在描述對方，「虛張聲勢，其實是不敢行動、有所作為的」。而這裡可以補充給各位的是，「姿勢」的韓文為：「자세 (ja-se)」；而這句話，大有我們之前學過的，只會「說空話」的意思存在喔：

가 : 헛소리 한 것뿐이지 . 他只是說說空話而已。
　　heot-sso-ri han geot-ppu-ni-ji.

타이밍.
ta-i-ming.

時機、機會。

這也是一個外來語，由「timing」而來的，也就是：「時機」、「機會」的意思。
當然，在韓文表達相同的意思，還有「계시 *(gye-si)*」、「때 *(ttae)*」等語詞，
但是因為受到外來語的影響，韓國人在表達「時機」時，也多用此字。
所以，學起來這個外來語之後，下次聽到韓國人說：「時機是重要的」一語，
就不會聽不懂囉。

> 가 : 타이밍이 중요해.
> *ta-i-ming-i jung-yo-hae.*

욕쟁이.
yok-jjaeng-i.

特別愛罵髒話的人。

「욕 *(yok)*」這個字漢字為「辱」，後面搭配上一個表達「某個人特徵、性質的」
「-- 쟁이 *(jaeng-i)*」一詞，變成了「特別愛罵髒話」、「出口成髒」的人。
而「-- 쟁이 *(jaeng-i)*」我們也時常可以在韓國人口語聽到，如「개구쟁이
(gae-gu-jaeng-i)」（調皮鬼）、「멋쟁이 *(meot-jjaeng-i)*」（愛打扮的人、潮男潮女）。
而比起「쟁이 *(jaeng-i)*」更為否定意味的為：「- 꾼 *(kkun)*」，比如「장사꾼
(jang-sa-kkun)」（愛做生意、往利益看的人）、「술꾼 *(sul-kkun)*」（酒鬼）、「사
기꾼 *(sa-gi-kkun)*」（詐騙集團）等等。

맙소사 .
map-sso-sa.

我的天啊。

語脈分析

這句話，多用於當我們感到不可置信、感到恐怖之時，所用之語，類似英文的：「my god.」的意思，多用在負面語氣上，來描述所「遭遇到」（당하다 *dang-ha-da*）的事情、事態特別嚴重、誇張。

자작극 .
ja-jak-kkeuk.

自導自演。

語脈分析

中文有著「你別在那邊自導自演了，我都知道了」、「別裝了」等等，拆穿對方伎倆時所用來指責對方之語。那麼學員們知道，同樣意思的中文用韓文如何表現出來呢？也就是由漢字「自作劇 --」而來的「자작극 *(ja-jak-kkeuk)*」一語。

별로야.
byeol-lo-ya.

不怎麼樣、不怎麼好。

 語脈分析

在學習韓國語副詞時，讓筆者最感到頭痛的就是副詞後方所要接的語氣是肯定或者是否定，如同這句話「별로 *(byeol-lo)*」，本為副詞，後面只接負面、否定語氣，如同底下例子：

가：커피 별로 안 마셔.
　　keo-pi byeol-lo an ma-syeo.
　　　　　　　　　　　　　　我不常喝咖啡。

가：학교에 별로 안 가.
　　hak-kkyo-e byeol-lo an ga.
　　　　　　　　　　　　　　我不常去學校。

가：별로 마음에 들지 않아.
　　byeol-lo ma-eu-me deul-jji a-na.
　　　　　　　　　　　　　　我不怎麼喜歡。

所以，學員們可不能把「별로 *(byeol-lo)*」這個副詞接在肯定意味句子前方喔，那可是會鬧笑話的。

而從這個副詞引申出來，當我們用來形容某人事物「不怎麼樣」、「不好」的意思時，就可以單獨用這個副詞來表達之。

짱짱맨.
jjang-jjang-maen.

能力強、
做事情很棒的男生。

這為一個「新造語」（신조어 *sin-jo-eo*），也就是流行於年輕人之中，「짱 (*jjang*)」我們在前方已經學過，用來表達「讚」、「棒」的意思，而這時重複「짱 (*jjang*)」來強調後方外來語「man」（맨 *maen*)，來稱讚「能力強做事很棒的男生」，多用於女生口語中。

늦지마.
neut-jji-ma.

你別遲到了。

我想不論是誰，都不喜歡沒有「時間觀念」（시간 개념 *si-gan gae-nyeom*）的朋友吧，而這時候要提醒對方：「don't be late.」，要怎麼說呢？也就是：「늦지마. (*neut-jji-ma.*)」。而這裡的文法，我想大家應該都很熟悉，也就是把動詞的語幹直接加上「－－지마 (*ji ma*)」即可，如底下例子：

가：먹지마.   不要吃。
    meok-jji-ma.

가：가지마.   不要走。
    ga-jji-ma.

가：뛰지마.   不要跑。
    ttwi-ji-ma.

                                      等等。

못난 놈.
mon-nan nom.

臭小子。

這句話，先看後方「놈 *(nom)*」一語，我們就可以知道，這句話不是什麼好話吧？哈！因為「놈 *(nom)*」是貶低詞，類似中文：「傢伙」、「小子」的意思。

沒錯，「못난 놈 *(mon-nan nom)*」就是指的是「臭小子」、「讓我失望的傢伙」以及「沒出息的人」的意思，可見於爸爸罵小孩時，也可見於朋友之間、情侶吵架鬥嘴時候用到，相近意思的詞語，還有：「등신（남）*(deung-sin(nam))*」（沒出息的男生）。而與之相反意思的詞語，即為：「잘난 놈 *(jal-lan nom)*」（好小子、不錯的傢伙喔）。

사장님.
sa-jang-nim.

社長大人。

看似由漢字「社長 --」兩字而來，後方又加上敬語稱謂的「님 *(nim)*」（大人、先生）的「사장님 *(sa-jang-nim)*」，好像是表達「社長大人」這樣一個單字，但是其實在韓國人日常生活中，這樣的「사장님 *(sa-jang-nim)*」一句話，可是經常會用到的，即是在吃完飯，要結帳時，即使我不知道來幫我們結帳的大叔、大嬸是這間店的老闆，也要講句好聽，即：「社長大人」，幫我結帳吧，搞不好還能打折呢。

그게 뭐?

geu-ge mwo.

那又怎麼樣呢？

這句話，多用在心情「不耐煩」（짜증나 *jja-jeung-na*）時，口氣有點不太好地詢問對方：「那又怎麼樣呢？」、「又如何呢？」，如底下例子：

가：맞아. 내가 먹었어. 그게 뭐? 沒錯，是我吃掉的，那又怎麼樣呢？

　　ma-ja. nae-ga meo-geo-sseo. geu-ge mwo?

相近的意思，還有底下一句話：「你知道又能怎麼樣？」

가：알면 뭐?

　　al-myeon mwo?

쌩깐다.

ssaeng-kkan-da.

假裝不認識（某個人）、
假裝沒看到。

不知道學員有沒有假裝不認識某個人的時候？我想那個人應該不是我們喜歡的人囉，而這時候來表達這個情況的句型，就是：「쌩깐다 *(ssaeng-kkan-da)*」，相同的意思為：「모른 척하다. *(mo-reun cheo-ka-da.)*」（裝傻、裝不知道）。除此之外，我們也可以用來指責 他人故意裝作不認識我們時，也可以說成底下句子：

가：야, 그 친구가 쌩깐다. 那個人裝不認識我、裝不熟啊。

　　ya, geu chin-gu-ga ssaeng-kkan-da.

계집아.
gye-ji-ba.

死丫頭。

有時候教導學員韓國當地活生生的「髒話」，其實並不是學員「學以致用」，反而是學以致「聽」才對，免得被罵還笑臉迎人。

就如同這一句話「계집아 *(gye-ji-ba)*」，大多用來輕蔑女生用語，類似中文的「死丫頭」、「不知好歹的女生」，相近一詞還有「이년아 *(i-nyeo-na)*」。

或者是在 2013 年年底，以大量「方言」流行韓國當地的韓劇 --[응답하라 *(eung-da-pa-ra)*, 1994]（回答啦，1994），裡面垃圾哥常常用來叫女生的不雅方言：가스나. *ga-seu-na.*

這也是類似這種語感喔，只不過在劇中垃圾哥所使用的話，是釜山、慶南地區方言；且有趣的是，垃圾哥在這齣劇中的角色設定，所使用的台詞多為不雅、半語居多。

까였다.
kka-yeot-tta.

我才不要、
被（他人）拒絕。

說到筆者會對這句話有印象，莫過於是 2014 年初，全智賢再次登上電視連續劇─[별에서 온 그대 *(byeo-re-seo on geu-dae)*]（來自星星的你），以這句話來表露她在劇中扮演，原本是人氣指數的明星，但因為栽贓事件關係，導致人

氣下滑，而她就以這句話：

가：내가 깠다고 . 是我拒絕的。

      nae-ga kkat-tta-go.

  在劇中各個場景內，來自我安慰，不是因為她人氣下滑，而接不到廣告、連續劇，而是她拒絕這些邀約的自信表現。

而這句話主要是在如，「（我）取消（約定、要求）」(취소하다 . *chwi-so-ha-da.*) 或者是「遭遇到拒絕他人的我（行為、動作）」(거절당하다 . *geo-jeol-dang-ha-da.*) 時所用的，如底下兩例：

가：남자친구한테 만나자고 했는데 거절당했어 .

      nam-ja-chin-gu-han-te man-na-ja-go haen-neun-de geo-jeol-dang-hae-sseo.

      我跟男朋友約見面，結果被拒絕了。

（可以用「까였다 *(kka-yeot-tta)*」來改寫上句，意思同）

나：남자친구한테 만나자고 했는데 까였다 .

      nam-ja-chin-gu-han-te man-na-ja-go haen-neun-de kka-yeot-tta.

다：교수님한테 보고서를 냈는데 교수님이 다시 써오라고 했다 .

      gyo-su-nim-han-te bo-go-seo-reul naen-neun-de gyo-su-ni-mi da-si sseo-o-ra-go haet-tta.

      我把報告交給了教授，但教授說要我再重新寫一遍。

（可以用「까였다 *(kka-yeot-tta)*」來改寫上句，意思同）

라：교수님께 보고서를 냈지만 까였다 .

      gyo-su-nim-kke bo-go-seo-reul naet-jji-man kka-yeot-tta.

만약에 .

ma-nya-ge.

萬一 。

語脈分析

由漢字「萬若 --」引申而來的句型，有就是「if」、「萬一」的意思，這句話也時常掛在韓國人的口中，表示一種假設句型的語氣，如底下例子：

가 : 만약에 그가 안 오면 어떡해 ?

ma-nya-ge geu-ga an o-myeon eo-tteo-kae?

萬一他沒來的話，怎麼辦 ?

가 : 만약에 내일 비가 오면 우리의 약속을 취소해 .

ma-nya-ge nae-il bi-ga o-myeon u-ri-ui yak-sso-geul chwi-so-hae.

萬一明天下雨的話，我們約會就取消吧。

而相同意思的單詞還有「만일 *(ma-nil)*」（漢字：[萬一 --]），但是提醒學員的是「만일 *(ma-nil)*」後方不用再加「에 *(e)*」一助詞。

품절남.
pum-jeol-lam.

已經結婚的好男生。

這句話，用來表達「已經結婚的好男生」，有趣的是「품절 pum-jeol」是由漢字「品切 --」而來，這個詞多用在商品已經賣光、缺貨的意思上，引申到人身上，表示「名草有主」了，已經「結婚了」。

除此之外，若是單獨只想指稱：「已經結婚的男生」，韓語為：「유부남 (yu-bu-nam)」（[有婦男 --]），少了上面句子讓女生覺得，這麼男生已經被其他女生捷足先登、結婚了的「可惜」意味。

那麼，萬一這個男生，尚未結婚，但是「高富帥」，對女朋友又好，這時候我們若要稱讚這個男生的話，就可以說「훈남」（[薰男 --]），而這為「훈훈한 남자 (hun-hun-han nam-ja)」的縮寫，指得就是「會讓女生、人家感到貼心、溫暖的男生」喔。

最後，補充給大家的是，最近在韓國興起的一種新男生型態，就是平常生活重心都是擺在工作，生活就是上班、下班、睡覺，對談戀愛這樁浪費時間又不符合投資報酬率的事情，完全不感到興趣的男生，韓國人稱之為：「차도남 (cha-do-nam)」，為「차가운 도시 남자 (cha-ga-un do-si nam-ja)」，為「生長在大都市（對人）冷淡的男生」縮語。

각오해 .
ga-go-hae.

你做好心理準備吧。

 語脈分析

由漢字「覺悟 --」一語引申而來的句子，用來表達、提醒對方，「做好心理準備吧」。如底下例子：

가 : 각오해 . 이번에 절대 넘어가지 않아 .
ga-go-hae. i-beo-ne jeol-dae neo-meo-ga-ji a-na.
你做好心理準備吧，這一次我絕對不會放過你。

나 : 알았어 .
a-ra-sseo.
我知道了。

멋없어 .
meo-seop-sseo.

（一點都）不帥氣。

 語脈分析

我想大家都知道要稱讚男生帥氣，就是「멋있어 (meo-si-sseo)」，而相反意思的詞語，大多是添加否定詞，形成底下句子：

가 : 안 멋있어 . 不帥氣。
an meo-si-sseo.

雖然上方句型是合乎文法規則，但是在韓國人日常生活中，也可以說成主句來表達之，屬於相同意思的短句。

하라고.
ha-ra-go.

我說：「快做」。

 語脈分析

這裡的「라고 *(ra-go)*」為韓國語間接引用句型文法，也就是重複我剛才所說的話，詳細的文法，敬請學員們參考《簡單快樂韓國語2》一書。而這句話，也經常用在於韓國人口語上，特別來強調：「我說：『你快點做』」的意思。而我們也可以應用這間接引用文法，造出底下的各式各樣的句型：

가：빨리 공부하라고.　　　　我說：「你趕快唸書啊！」
　　ppal-li gong-bu-ha-ra-go.

나：빨리 출발하라고.　　　　我說：「你趕快出發！」
　　ppal-li chul-bal-ha-ra-go.

다：방을 청소하라고.　　　　我說：「你快點打掃房間！」
　　bang-eul cheong-so-ha-ra-go.

而相反的句型，則是「我說：『不要做』」：

가：하지 말라고.
　　ha-ji mal-la-go.

세컨드 .
se-keon-deu.

備胎。

我想大家談「戀愛」（연애 *yeo-nae*）的時候，最討厭的事情排行榜第一名，一定是被人家劈腿吧：

가 : 양다리 걸치다 . *yang-da-ri geol-chi-da.*

那麼第二名是什麼？就是被人家當作「備胎」，而這樣的表現在韓語中，即是由外來語英文「second」而來。
相近的意思，還有由漢字「保險 --」（보험 *bo-heom*）一詞可以取代。

역겨워 .
yeok-kkyeo-wo.

噁心。

同樣都是表達「不喜歡」、「討厭」意思的韓語，如底下幾個句型：

마음에 안 들어 . *(ma-eu-me an deu-reo.)*、별로 *(byeol-lo)* 以及싫어 *(ssi-reo).*

而這裡的「역겨워 *(yeok-kkyeo-wo)*」更顯得更為強烈感情，類似英文的：「disgusting」一意，大多用在真的讓人家「噁心」、「作噁」的人事物身上，而這個字也就由漢字「逆 --」而來，不知道學員有沒有看到什麼東西會讓您作噁呢？筆者覺得最噁心的東西，就是「蟑螂」（바퀴벌레 *ba-kwi-beol-le*）。

스토커 .
seu-to-keo.

跟蹤狂。

借用外來語英文「stalker--」而形成的「스토커 *(seu-to-keo)*」一語，而這種「跟蹤狂」除了可以用來形容一般人在日常生活中，跟蹤他人的「變態」（변태 *(byeon-tae)*）之外，跟蹤狂新聞，最常見於報紙，乃是一些韓國明星常常會會被一些狂熱的「粉絲」（팬 *paen*）瘋狂跟蹤。

딱 하나 .
ttak ha-na.

只有一個。

這句話的「딱 *(ttak)*」為一個強調副詞，表示「only」、「只有」以及「唯一」的意思，而利用「딱」這副詞，我們也可以造出許多的例子，如底下：

가：방법이 딱 하나 .
bang-beo-bi ttak ha-na.
辦法只有一個。

가：여기 온 친구가 딱 한명이야 .
yeo-gi on chin-gu-ga ttak han-myeong-i-ya.
來的朋友只有一位啊。

가：딱 한번이라도 좋아 .
ttak han-beo-ni-ra-do jo-a.
只要一次也好。

가：딱 십분만 해줬으면 좋겠어 .
ttak sip-ppun-man hae-jwo-sseu-myeon jo-ke-sseo.
只要給我十分鐘就好囉。

어쨌든 .

eo-jjaet-tteun.

反正、無論如何。

一個簡單的副詞，卻是在韓國人日常生活中經常被使用到，意近中文的：「反正」、「無論如何」，我們透過例子可以得知這個副詞的用法，如底下例句：

가 : 아무리 바빠도 내일 환영회에 너는 어쨌든 꼭 와야지 .

a-mu-ri ba-ppa-do nae-il hwa-nyeong-hoe-e neo-neun eo-jjaet-tteun kkok wa-ya-ji.

不管你再怎麼忙，明天的歡迎會，你無論如何都要出席。

나 : 짧은 시간이었지만 어쨌든 오늘 즐거웠어 .

jjal-beun si-ga-ni-eot-jji-man eo-jjaet-tteun o-neul jjeul-kkeo-wo-sseo.

雖然只見面短短的時間，但今天還是很開心。

而，「어쨌든 *(eo-jjaet-tteun)*」此副詞意思，也與有著漢字「何如 --」（하여튼 *ha-yeo-teun*）一副詞相近。

내 꿈꿔.

nae kkum-kkwo.

夢到我吧、夢裡相見吧。

這句話，可是常常出現在韓國男女朋友，睡前的「撒嬌」（애교 *ae-gyo*，「愛嬌 --」）的問候喔，也就是「夢裡夢到我的意思」喔，很甜吧？如底下一例：

가 : 잘 자. 내 꿈꿔.

　　 jal jja. nae kkum-kkwo.

　　 晚安，夢到我吧。

이렇다.

i-reo-ta.

反正事情就發展成這樣囉。
（無可逆轉的局面）

表達出「事情已經發展成這樣囉」，有無可挽回的語感存在，搭配我們在前面提到的「하여튼 *(ha-yeo-teun)*」，就可以用來表達這樣的語境了，如底下一例：

가 : 하여튼 시험 결과가 이렇다. 不管如何，考試結果就是這樣囉。

　　 ha-yeo-teun si-heom gyeol-gwa-ga i-reo-ta.

相近的句型，表達「（結果）就是這樣子了」，即：「이렇게 됐다. *(i-reo-ke dwaet-tta.)*」。

되겠니？
doe-gen-ni?

你說行嗎？（其實是不行的；韓國語婉轉特色介紹）

語脈分析

我們在半語[1]介紹時，曾經說過，可以藉由韓國語「語尾的變化」（어미변화, eo-mi-byeon-hwa），來看出說話者是男性或者是女性身份，同樣地，這樣一句話，我們看到語尾為「니 *(ni)*」，多用於說話者是女生身上，若是男生，多用「냐 *(nya)*」語尾。

而這句話表達著反問對方：「你認為這樣可以嗎？」、「你說行嗎？」，如底下一例：

가：우리 일단 먹으면 안 돼？
u-ri il-dan meo-geu-myeon an dwae?
我們可以先吃飯嗎？

나：선생님께서는 아직도 안 오셨는데 먼저 먹는 게 되겠니？
seon-saeng-nim-kke-seo-neun a-jik-tto an o-syeon-neun-de meon-jeo meong-neun ge doe-gen-ni?
老師都還沒來，你說我們可以先吃嗎？

註解

1. 有請參閱《韓半語 – 從「콜」（好啊）開始》（統一出版社）一書內前方專文。

화장발.
hwa-jang-bal.

化濃妝（的女生），
化妝之後差很多的人。

語脈分析

我們在之前的短句學習，有學過「照騙」（照片跟本人差很多）的韓語說法為：「사진발 (*sa-jin-bal*)」，而同樣的，這個主句也是一個有趣的說法，就是用來指稱：「化妝之後差很多的人」，不知道學員身邊有沒有這樣的人呢？呵呵。如下例：

가 : 저 애 예쁘지 않냐?
    jeo ae ye-ppeu-ji an-nya?
    那個女生很漂亮吧？

나 : 에이, 화장발이잖아.
    e-i, hwa-jang-ba-ri-ja-na.
    疑？都是化妝化出來的。

다 : 조심해라. 여자는 화장하면 변신하니까.
    jo-sim-hae-ra. yeo-ja-neun hwa-jang-ha-myeon byeon-sin-ha-ni-kka.
    小心一點，女生只要一化妝，就會變個人囉。

금사빠.
geum-sa-ppa.

馬上就陷入愛河的人。

語脈分析

我們在上一冊《韓半語—從「好啊」（콜）開始》，介紹過很多「新造語」（신조어 *sin-jo-eo*），也就是當下韓國年輕人創造出來的話，如撒嬌用的「오빵 *(o-ppang)*」（哥哥，「歐棒」），或者是一見鍾情的「바나나 *(ba-na-na)*」（첫눈에 반하다. *cheon-nu-ne ban-ha-da.*）等等，這些都是我們不可忽略的一種語言現象，同樣的，在主句也是一個新造語，多用來描繪一個人，第一次見到異性，即使相識不深，「馬上就陷入愛河」，這種人在韓國就被稱為：「금사빠 *(geum-sa-ppa)*」，而這也是底下句型，取其裡面首字而成的縮寫：

금방 사랑에 빠지는 사람.
geum-bang sa-rang-e ppa-ji-neun sa-ram.
馬上就陷入愛河的人。

學員是這種人嗎？呵呵。

흑기사 .
heuk-kki-sa.

黑騎士、英雄救美的人。

語脈分析

我想學員們在韓劇、綜藝節目常常聽到這個詞的出現吧？「흑기사 *(heuk-kki-sa)*」漢字為：「黑騎士 --」，指得就是如同女生有難，如在「酒席」（술자리 *sul-ja-ri*）上，女生不勝酒力，又玩遊戲輸了，罰喝酒，這時男生跳出來幫女生喝，「英雄救美的男生」，我們就可以稱這個男生為：「흑기사 *(heuk-kki-sa)*」。

那麼，萬一性別反過來，「美女救狗熊」的女生，怎麼稱呼呢？就是：「黑玫瑰」：흑장미 *heuk-jjang-mi*，有趣吧？

섬 짱깨 .
seom-jjang-kkae.

鬼島人。

語脈分析

不知道大家有沒有想過，「台灣」（대만 *dae-man*）其實對「韓國」（한국 *han-guk*）又愛又恨、又喜又嫉，當然在台灣有著對於韓國人極為歧視的語言，如「韓狗」、「高麗棒子」等等之類的不雅言語，或者是對大陸人，稱為「死老共」、「426」，或者甚至是對日本人稱為：「日本鬼子」等等，但是，反過來想，大家有沒有想過，若是這些不雅語言，轉身回向我們，其他國家是用怎麼樣不雅的文字來指稱台灣呢？就如同美國，當戲弄中國人或者是亞洲人，多以「Chin chun chow」（一語無意義，意指學中國人嬰兒牙牙發音的窘狀）或者是「chink」（中國豬、支那珠）等言語來戲弄之。

那麼韓語中對於這些國家「藐視」（멸시하다 *myeol-si-ha-da*）的語言又有哪些呢？

韓國跟日本因為歷史上的糾纏，韓國人對於日本人指稱的不雅文字特別多，如：「쪽발이 (*jjok-ppa-ri*)」（一隻腳的怪物）、「왜놈 (*wae-nom*)」（[倭--]，倭奴、倭寇）、「원숭이 (*won-sung-i*)」（猴子）以及「섬숭이 (*seom-sung-i*)」（島猴）等等不雅文字。

而指稱中國人多為：「짱깨 (*jjang-kkae*)」（掌櫃）或者是「짱꼴라 (*jjang-kkol-la*)」，而前者疑似韓國人發「掌櫃」中文音不準而形成之語，而戲稱中國人有著「貧窮的意向」，認為中國人愛做生意，唯錢試圖；除此之外後者的則是，因為在韓國當地，配送「炸醬麵」（자짱면 *ja-jjang-myeon*）的人多出自中華料理餐廳，因此也以這樣低賤職稱來指稱中國人。

那麼台灣呢？筆者在當地跟韓國朋友討論過後，其實韓國對於台灣的好印象是勝於中國以及日本，但是若是真要以不雅的文字來指稱台灣的話，其實是以對中國的意向套在台灣身上。這一點可以顯示出台灣在國際的能見度為極低。行文至此，舉例來說，在筆者就讀號稱有著全韓國菁英、聰明的人集中地一國立首爾大學，有一次，筆者跟教授吃飯，教授突然問起我：「台灣的首相是誰啊？」…首相為日本政府體制，在台灣無此職，應為「總統」（대통령 *dae-tong-nyeong*）為是，而這樣一個小小例子，就可以說明，韓國對於台灣的關心遠不及其他中、日兩國。（當然，有些人也可以笑說這位教授沒國際觀、不聰明；但是，我寧可相信，能在首爾大教書的教授，絕非是井底之蛙；而此教授也是留德博士；我願寧可往內自省，其實是台灣的能見度所造成的一種現象）

回到主句，韓語中有著類似中文：「鬼島人」的一詞，即為：섬쌍깨 *seom-jjang-kkae*

看到這裡，不知道各位學員有沒有感到不適、不悅，不管是哪個國家，也許都有不雅的、甚至是粗俗、情緒性的文字指稱他國，但是，就如同筆者常常在課堂上對我親愛學生說過的：「當你用食指去指責人家時，其實，有著另外四隻手指，都是指向自己」。而合理、理性的討論，遠勝於無理性、情緒的謾罵。

멀쩡해요 .
meol-jjeong-hae-yo.

没事的、好端端的。（敬語）

語脈分析

我們之前學過，詢問人家：「要不要緊？」、「沒關係吧？」等意思的說法，大家熟悉的就是：「괜찮아？*(gwaen-cha-na.?)*」此句型吧。

在這裡我們更進一步的學習到，與之相近意思的一個形容詞，即：「멀쩡하다 . *(meol-jjeong-ha-da.)*」，用法如底下例句：

가：멀쩡한 사람이 왜 갑자기 쓰러졌어요？
　　meol-jjeong-han sa-ra-mi wae gap-jja-gi sseu-reo-jeo-sseo-yo?
　　好端端的一個人，怎麼會突然暈倒呢？

繼之，又如同朋友萬一受傷的話，我們到醫院「探病」（문병하다 *mun-byeong-ha-da*）的話，就會出現底下對話：

가：괜찮은 거 맞지요？
　　gwaen-cha-neun geo mat-jji-yo?
　　你不要緊吧？對吧？

나：네 , 멀쩡해요 .
　　ne, meol-jjeong-hae-yo.
　　嗯，都（已經）好了。

할 만해요?
hal man-hae-yo?

（工作）還可以吧？（敬語）

語脈分析

這裡有一個文法，也就是表達「此物有…的價值」等意思，如主句，就是以「하다 *(ha-da)*」（做）動詞進行變化，變化規則為：若動詞有收尾音時，加；若動詞無收尾音時，加，如底下例句：

먹다. ➡ 가 : 먹을 만한 것은 버리지 말아요.
meok-tta.   *meo-geul man-han geo-seun beo-ri-ji ma-ra-yo.*
吃   可以吃的東西不要丟掉。

읽다. ➡ 가 : 이 소설은 읽을 만해요.
ik-tta.   *i so-seo-reun il-geul man-hae-yo.*
念   這本小說值得一讀。

所以，主句的意思，如同平日在公司跟朋友打招呼，詢問：「工作還可以？」、「工作還順利嗎？」等意思。

同樣地，如問人家「這電腦（使用起來）還可以嗎？」，也可以從此句引申出來，為：

가 : 이 컴퓨터는 쓸 만해요?
i keom-pyu-teo-neun sseul man-hae-yo?

에이~설마.

e-i~seol-ma.

唉呦，不至於吧。

 語脈分析

「에이 *(e-i)*」為發語詞，類似中文「唉呦」的意思，而後方搭配上我們學過的「설마 *(seol-ma)*」（不會吧？）一詞，形成當我們聽到讓我們懷疑、疑心的事情，反問對方的語氣：「唉呦，不會吧？」、「唉呦，不置於這樣子吧？」，如底下一例：

가：경덕이가 어젯밤에 미국에 가버렸어.

　　gyeong-deo-gi-ga eo-jet-ppa-me mi-gu-ge ga-beo-ryeo-sseo.

　　慶德他昨天去美國了。

나：에이~설마.

　　e-i~seol-ma.

　　唉呦，不會吧？

同樣的，若是要表達「吃驚」、「不會吧」，有著衝擊的感情，即：「아이고 *(a-i-go)*」（唉呦，我的媽啊！），如底下一例：

가：어제 사고를 당했어.

　　eo-je sa-go-reul ttang-hae-sseo.

　　我昨天出車禍了。

나：아이고, 어디서 다쳤어?

　　a-i-go, eo-di-seo da-cheo-sseo?

　　唉呦，哪裡撞傷了呢？

무식한 놈.
mu-si-kan nom.

沒有見識的人、愚蠢。

語脈分析

之前我們學過，比較開玩笑意味地指稱他人為「傻瓜」、「笨蛋」的說法為：
바보 . *ba-bo.*

而在這裡，我們若真的因為對方的話生氣，深深覺得怎麼會有人這麼的「無知」講出這種話呢？這時，就可以以漢字「無識 --」一詞引申出來的形容詞「무식하다 (*si-ka-da*)」，來與後方搭配表達指稱「臭小子」、「傢伙」之意的名詞：놈 *nom*，形成：「你這個沒有見識的人」、「愚蠢」意思。

相近意思的韓語還有包含漢字「無知 --」一詞，表達「無知」、「愚昧」意思的：무지하다 . *mu-ji-ha-da.*

알면 된다.
al-myeon doen-da.

你自己知道、
能領悟我的話就好。

語脈分析

雖然我們在這裡大多以韓國語句型來教導學員們，但是學員們有空可別忘記複習一下基本的文法，對於後來的韓國語檢定、寫作都會有很大的幫助囉。

而在這裡，我們說過韓國語有七種不規則變化，即分別是單詞語幹中有著「ㄹ」、「으」、「ㄷ」、「ㅂ」、「ㅅ」、「르」以及「ㅎ」七種，而這七種不規則變化又可以依「變化的結果」，來分為三大類，分別是：

㈠「ㄹ」和「으」一組，這一組的變化是因為遇到「母音為首」的語尾變化時，會產生「母音脫落」的狀態。

㈡ 以及「ㄷ」、「ㅂ」、「ㅅ」、「르」為一組的不規則變化單詞，這些單詞會因為遇到特殊母音為首的語尾變化時，會形成「不規則地變化其母音，或者是在音節上會有所改變」。

㈢ 最後一組，也就是以「ㅎ」結束的狀態動詞，若遇到連結以母音開始的語尾變化，或者是如同「으면 *(eu-myeon)*」等文法，ㅎ會形成「不規則脫落」，或者是「變化成其他母音的」等狀況。

如底下表格，筆者整理出動詞例字以及變化狀況。（依「變化後的結果」而區分：）

不規則變化	動詞例字	例字搭配語尾變化後，而產生的不規則變化例句	變化形式
ㄹ	살다（生活）	살다 + -ㅂ/습니다 ➡ 삽니다.	母音脫落
으	모으다（匯集）	모으다 + 아요 ➡ 모아요.	

ㄷ	걷다（走路）	걷다＋어요 ➡ 걸어요.	母音或者是音節上的變化
ㅂ	눕다（躺）	눕다＋어요 ➡ 누워요.	
ㅅ	낫다（康復）	낫다＋아요 ➡ 나아요.	
르	자르다（剪）	자르다＋아요 ➡ 잘라요.	
ㅎ	어떻다（如何、怎麼樣）[2]	이떻다＋어요 ➡ 어때요.	母音脫落或者是變化成其他母音

而在這七種不規則變化之內，還各自寓含著獨自的變化喔，而學員若是對這七種不規則變化還感到陌生的朋友，可別忘記重新複習一下之前筆者其他韓語文法書籍，而筆者也會在此書中，遇到恰當的句型，來加以解說之的[3]。

而主句句型，「알다 *(al-tta)*」為「知道」的意思，乃屬「ㄹ」不規則變化單字喔，整句話用來表達：「你知道（我有多辛苦、多費心）就好」、「你能領悟（我所說的，為你好的話）就好了」的意思存在喔。

註解

2. 有關於更多的不規則變化分析，請參閱敝人《韓國人天天都會用到的500動詞》（瑞蘭出版社）一書。

3. 分別是在：알았다니까. 解說：「ㄹ」不規則變化；

언니 이쁘다. 解說：「으」不規則變化；

깨달았다. 解說：「ㄷ」不規則變化；

받아들이기 어려워. 解說：「ㅂ」不規則變化；

실물 더 나. 解說：「ㅅ」不規則變化；

몰라도 돼. 解說：「르」不規則變化。

學員們可以根據韓文字數多寡來翻閱對應的書目，尋找出其書內的不規則變化說明。

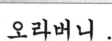

오라버니 .
o-ra-beo-ni.

哥哥。（女用）

語脈分析

大家都知道韓國女生「撒嬌」（애교 ae-gyo）時，都喜歡叫男生「歐巴」（오빠 o-ppa），即「哥哥」的意思。而這裡，再補充進階版給大家的是，萬一對方男生與我年紀相差太大，但是我又不太好意思叫「아저씨 (a-jeo-ssi)」（大叔），或者是叫「오빠 (o-ppa)」時，又覺得有點太假，這時候就可以叫「오라버니 (o-ra-beo-ni)」。

這句話同樣為「哥哥」的意思，為「오빠 (o-ppa)」一語的朝鮮時代用語，而在現今韓國當地年輕人用來，同樣有點撒嬌意味存在喔。

보슬아치 .
bo-seu-ra-chi.

賤人。

語脈分析

筆者在之前兩卷韓國語脈分析（《韓語超短句—從「네」（是）開始》、《韓半語—從「콜」（好啊）開始》，皆為統一出版社發行）已經有在分析韓國語「髒話」的語脈，在學語言時，學會當地的「髒話」是很重要的，以防笑臉迎辱者，同樣的，這一句話「보슬아치 (bo-seu-ra-chi)」也是一句髒話，即「騷貨」（쌍년 ssang-nyeon）的進階版，多用來罵女生「賤人」一意。

請各位學員小心使用喔。

한 판 하자.
han pan ha-ja.

來試看看啊。
（吵架、打架時）

語脈分析

這句話，除了可以用在如邀請朋友一起來打場「籃球」（농구 *nong-gu*）、「撞球」（당구 *dang-gu*）等等運動項目，「來比賽一場看看」的意思之外，在韓國人日常生活中，這句話也有「挑釁」的意味存在喔，即是雙方在發生口角、吵架時，若說出這句話，就是要對方「不然我們來打一場看看啊」、「我們來試看看，看誰比較厲害」。

잘해보자.
jal-hae-ppo-ja.

一起努力吧。

語脈分析

這句話，除了可以用在比賽之前，隊友們一起加油，以及在公司[4]裡面，同事（동료 *dong-nyo*）合作進行計畫時，一起互相打氣之外，也多用在韓國當地男女談戀愛（연애 *yeo-nae*）、交往（사귀다 *sa-gwi-da*）時，跟對方說得：「我們一起努力」、「加油吧！」打氣言語喔。如底下例句：

가：앞으로 우리 잘해보자. 未來，我們一起努力吧。

　　a-peu-ro u-ri jal-hae-ppo-ja.

> 註解

4. 更多有關於商場的韓國語對話、用語，請參閱敝人的《公事包韓語》（聯經出版社）一書。

남자답게 .
nam-ja-dap-kke.

像個男生一樣、
有點男子氣慨點。

我一直覺得韓國男生跟台灣比較起來算是比較「陰柔」的，可能是因為韓國
注重門面、他人目光，所以在韓國男生使用保養品是很正常的。而這時候，
若我們要督促一個男生，「有點男子氣慨」、「像個男人（做某件事情）」
的話，主句就會派上用場了，如底下一例：

가：야 . 너 남자잖아 . 남자라면 남자답게 하자 !
　　ya. neo nam-ja-ja-na. nam-ja-ra-myeon nam-ja-dap-kke ha-ja!
　　喂，你不是男生嗎？如果是男生的話，就像個男子氣慨做吧！

相反地，萬一有點「娘娘腔」，或者是「比較溫柔的（男生）」，我們也可
以用底下一詞言之：

가：여성스럽다 .
　　yeo-seong-seu-reop-tta.

촌스럽게 .
chon-seu-reop-kke.

俗、鄉巴佬。

由漢字「村 --」引申出來的副詞，用來描述對方的話、行為或者是「服裝」
（옷차림 *ot-cha-rim*），很「俗」、「鄉巴佬」的意思存在喔。

찌질하다.
jji-jil-ha-da.

煩人的人；小氣鬼。

語脈分析

這句話多見於韓國年輕人口中，用來形容「分手」（헤어지다 *he-eo-ji-da*）之後，還繼續打電話、不乾不脆地要求復合的「煩人」身上；除此之外，還有指責人家，平常稱兄道弟，等到了要結帳，或者平常一杯飲料都不掏腰包請客的「小氣鬼」，後者相近的句型，還有「구두쇠 *(gu-du-soe)*」一語，都可用在男、女生身上。

낯가리다.
nat-kka-ri-da.

怕生。

語脈分析

不知道，大家會不會怕生說？而當我們要用來描述一個人「怕生」的話，就是使用這一動詞：「낯가리다 *(nat-kka-ri-da)*」，同樣地，補充給學員們底下幾個單字，分別為：

가：낯선 사람.　　　　　陌生人。
　　nat-sseon sa-ram.

나：낯설다.　　　　　　陌生的。
　　nat-sseol-da.

二語。

잠수타다.
jam-su-ta-da.

潛水、失蹤、斷絕聯絡。

如同在中文中，我們常常會在網路上，或者是日常生活中，說：「這個朋友好久沒有聯絡了！」、「他失蹤了」或者是「他潛水了」等等來描述好久沒有聯絡的朋友的話語，轉換成韓語表現，即是：「잠수타다 *(jam-su-ta-da)*」，同樣也是由漢字「潛水 --」一語而來的喔。

따지지 마.
tta-ji-ji ma.

不要計較了。

我們在前方已經學過「-- 지 마 *(ji ma)*」（不要做某事）的文法，同樣的，這句話我們藉由語尾，也可以推測出這句話有「不要做某事…」的意思存在。「따지지 마 *(tta-ji-ji ma)*」意指，對方不要跟人家「計較什麼東西，算了吧」，饒了人家吧。如底下一例：

가 : 따지지 마. 이미 지난 일이야.
　　　tta-ji-ji ma. i-mi ji-nan i-ri-ya.
　　　不要計較了，都已經是過去的事情了。

보기 좋네 .

bo-gi jon-ne.

看起來很棒（很好吃）。

這句話，如可以用在形容原本是宅男的室友，最近交了新女朋友，談起戀愛來了，衣服、外表都比以前講究，腳下不再是一雙藍白拖（韓國則是，黑白拖）就出門，而是衣冠整齊，這時候就可以用主句來稱讚他「看起來不錯喔」。

除此之外，也可用來形容對方做出來的料理，還沒嚐到味道，光看菜色擺設，就覺得「看起來很好吃」的「色」香味俱全時，也會用到這句話喔。

맛이 좋네 .

ma-si jon-ne.

味道很棒。

在上方我們學到朋友做出來的「菜餚」（음식 *eum-sik*），「料理」（요리 *yo-ri*），「色」香味俱全，「看起來很好吃」的說法為：「보기 좋네 . *(bo-gi jon-ne.)*」；那麼，當我們要表達色「香」味俱全的「聞起來好香喔」，怎麼說呢？即：가 : 냄새가 좋다 . naem-sae-ga jo-ta.

同樣的，這裡的「맛이 좋네 . *(ma-si jon-ne.)*」，也是表達色香「味」俱全的「好好吃喔」的意思，如同我們之前學過的「맛있어 . *(ma-si-sseo.)*」、「기가 막히네 . *(gi-ga ma-ki-ne.)*」二語喔。

所以，下次可別忘記利用我們學到的句子來稱讚對方的作菜手藝喔。

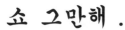

쇼 그만해.
syo geu-man-hae.

不要再作秀了。

 語脈分析

在前面我們學過「自導自演」的說法為：「자작극 *(ja-jak-kkeuk)*」。而這一句話跟這一句話也有所關聯，多用來表達，我們真的看不下去對方還在那邊「作秀」，要求對方，「不要再作秀了」一意思。

「쇼 *(syo)*」為外來語「show」之。而「그만해 *(geu-man-hae)*」單獨使用，有「停止作某事情」的意思存在。

누가 뭐래?
nu-ga mwo-rae.?

誰說的？、
我又有說什麼嗎？

 語脈分析

為「疑問代名詞」，表示「誰」的意思。而主句有則是在表達，「誰說的？」、「我又有說什麼」的意思，如底下例句：

가 : 너 희경이랑 싸웠어?　　你跟熙京吵架了？
　　　neo hi-gyeong-i-rang ssa-wo-sseo.?

나 : 아니. 누가 뭐래?　　沒有啊，誰說的？
　　　a-ni. nu-ga mwo-rae.?

다 : 아니야. 둘이 분위기 이상한거 같아서.
　　　a-ni-ya. du-ri bu-nwi-gi i-sang-han-geo ga-ta-seo.
　　　沒有啊，只是覺得你們兩個人最近怪怪的。

62

쉽지 않아.
swip-jji a-na.

不簡單。

語脈分析

「－－지 않다 *(ji an-ta)*」為形容詞的否定型文法之一，文法搭配很簡單，即：
形容詞＋지 않다：不分形容詞語幹有無收尾音，全部加上「－－지 않다」
此否定型語尾，如底下例字：

原型

예쁘다.（漂亮的）
ye-ppeu-da.

否定型

➡ 예쁘지 않아.（不漂亮）
ye-ppeu-ji a-na.

귀엽다.（可愛的）
gwi-yeop-tta.

➡ 귀엽지 않아.（不可愛）
gwi-yeop-jji a-na.

힘들다.（疲勞的）
him-deul-tta.

➡ 힘들지 않아.（不累的）
him-deul-jji a-na.

因此「쉽지 않아.*(swip-jji a-na.)*」，我們可以從語尾推出，這句話為「不怎麼簡單」的意思存在，多用來描述事情沒有如同我們想像這麼簡單的意思。

而相反的句型，則是利用「어렵다 *(eo-ryeop-tta)*」（困難的）形容詞來搭配此文法，形成：「어렵지 않아.*(eo-ryeop-jji a-na.)*」一語。

但要提醒學員的是，不是所有的形容詞的否定型都是直接加上「지 않다 *(ji an-ta)*」，如「맛있다.*(ma-sit-tta.)*」（好吃的）的否定型為：「맛없다.*(ma-deop-tta.)*」請特別注意此字。

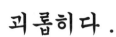

괴롭히다.
goe-ro-pi-da.

欺負人。

語脈分析

大家知道在學校被人家排擠的對象、被孤僻起來的人，用韓語怎麼表現嗎？也就是「왕따 *(wang-tta)*」，而在這裡，我們又要進一步學到，「被人家欺負」、「霸凌」說法為如何呢？也就是這句話，如底下一例子：

가 : 왜 자주 나를 괴롭혀?
　　 wae ja-ju na-reul kkoe-ro-pyeo?
　　 為什麼你常常欺負我啊？

심심풀이.
sim-sim-pu-ri.

打發時間、消遣用。

語脈分析

表示「無聊的」的形容詞為：「심심하다 *(sim-sim-ha-da)*」，而這句話從這裡引申出來，「打發時間」、「解除無聊」以及「消遣用」等意思。比如無聊時，看電視、逛街，都是「심심풀이 *(sim-sim-pu-ri)*」的表現。

除此之外，這句話還有比較負面的表達法，就是用在非真心與對方交往，純粹只是玩一玩、打發時間的「消遣用」、「just for entertainment.」、「just killing time」意思喔。

알면 됐어.
al-myeon dwae-sseo.

你知道、懂就好。

語脈分析

這句話的口氣，顯得是比較不耐煩的，意指告訴對方：「你知道（我有多辛苦）就好了」、「你懂就好，不要再過問了」等意思。

而這裡要補充給學員的是有關於「--（으）면 *((eu)myeon)*」的文法：

簡單地說，「--（으）면 *((eu)myeon)*」有底下三種的用法，即：「-- 다면 *(da-myeon)*」（表示條件），「-- 으면 *(eu-myeon)*」（表示「如果」）以及「-- 았/었으면 *(at/eo-sseu-myeon)*」（與現在事實相反），說明以及分舉例子如下：

-- 다면 *da-myeon*：表示後面行動所必須要有的（前方句子）條件，如底下例子：

가：오늘 학교에 간다면 아이스크림을 사 줄게.

　　o-neul hak-kkyo-e gan-da-myeon a-i-seu-keu-ri-meul ssa jul-ge.

　　如果你今天去學校的話，我就買冰淇淋給你。

--（으）면 *(eu)myeon*：同樣表示某種條件或者假設，如底下例子：

(1) 表示條件：

가：오늘 시간이 없으면 다음에 만나.

　　o-neul ssi-ga-ni eop-sseu-myeon da-eu-me man-na.

　　今天沒有見面的話，下次再見吧。

(2) 表示尚未發生的事情的假設：

가：제 3[삼]차 세계 대전이 일어나면 어떻게 될까?

　　je-sam-cha se-gye dae-jeo-ni i-reo-na-myeon eo-tteo-ke doel-kka?

　　第三次世界大戰發生的話，我們會變成怎麼樣？

(3) 若是接上過去式語尾－－았（었／였）*at(eot/yeot)*，而形成－－았（었／였）으면 *at(eot/yeot)eu-myeon*，乃多表與過去事實的條件，以及假設過去事實相反，而形成現在的結果的，如底下的例子，全部都是與過去事實完全相反的假設。

가： 모두 모였으면 회의를 시작합시다．

mo-du mo-yeo-sseu-myeon hoe-ui-reul ssi-ja-kap-ssi-da.

如果當初大家都來齊的話，會議就可以開始了。

나： 준비를 잘했으면 실수가 없었을 텐데．

jun-bi-reul jjal-hae-sseu-myeon sil-su-ga eop-sseo-sseul ten-de.

如果當初準備好的話，現在就不會有失誤了。

다： 조금만 일찍 도착했으면 영미를 볼 수 있었을 거야．

jo-geum-man il-jjik do-cha-kae-sseu-myeon yeong-mi-reul ppol su i-sseo-sseul kkeo-ya.

如果當初能早一點到的話，就能看到英美了。

라： 키가 좀 더 컸으면 농구선수가 될 수 있었을 텐데．

ki-ga jom deo keo-sseu-myeon nong-gu-seon-su-ga doel su i-sseo-sseul ten-de.

如果當初我的個子再高一點，我就能當籃球選手囉。

(4)－－았（었／였）으면 *at(eot/yeot)eu-myeon*，而若是後方加上「좋겠다．*(jo-ket-tta.)*」，大多表達自己的希望。

다： 미국에 한번 갔으면 좋겠다．

mi-gu-ge han-beon ga-sseu-myeon jo-ket-tta.

能去一遍美國就好囉。

라： 한국어를 더 잘했으면 좋겠어．

han-gu-geo-reul tteo jal-hae-sseu-myeon jo-ke-sseo.

如果我韓文能更好的話，那就好囉。

그림 좋다.
geu-rim jo-ta.

圖畫的很漂亮；兩個人看起來不錯、兩個人極為相配。

「그림 *(geu-rim)*」原意為「圖畫」的意思，可以用在原意，稱讚對方畫出來的圖「漂亮」之外，韓國人大多把此句話用在，看到談戀愛的雙方為俊男美女配時，以用這句話來稱讚對方喔。

而相近意思的句型，還有由「畫面」這一漢字引申出來的句型：

가：화면 좋다.
　　hwa-myeon jo-ta.
　　畫面不錯喔。

발목 잡다.
bal-mok jap-tta.

扯後腿。

我想大家一定都不喜歡有人在後面「扯後腿」吧？那麼扯後腿的韓文怎麼說呢？也就是這句話：「발목 잡다 *(bal-mok jap-tta)*」。「발목 *(bal-mok)*」為「腳踝」，而「잡다 *(jap-tta)*」則為動詞，「抓」的意思。

오자마자 .

o-ja-ma-ja.

一來到這裡就馬上
（做某事）。

藉由這句話也可以來教導各位學員一個文法，也就是「做了某個動作之後，馬上就…」，如同這句話，由動詞「오다 *(o-da)*」（前來），去除語尾，在語幹部分加上「-- 자마자 *(ja-ma-ja)*」，就變成「（他）一來到這就馬上…」怎麼樣意思囉。如底下例子：

가 : 학교에 오자마자 공부해 . 他一來到學校就馬上開始唸書囉。

　　hak-kkyo-e o-ja-ma-ja gong-bu-hae.

가 : 오자마자 울었어 . 他一來到這，馬上就哭了。

　　o-ja-ma-ja u-reo-sseo.

而這個文法規則為，動詞語幹不分有無收尾音，直接加上「-- 자마자 *(ja-ma-ja)*」即可，如同底下例字以及例句：

가다 (前去)　➡　가자마자 .　　一前去就…

ga-da　　　　　　*ga-ja-ma-ja.*

일어나다 (起床)　➡　일어나자마자　一起床就…

i-reo-na-da　　　　　*i-reo-na-ja-ma-ja*

가 : 대만에 가자마자 망고주스를 마셨어 .

　　dae-ma-ne ga-ja-ma-ja mang-go-ju-seu-reul ma-syeo-sseo.

　　他一去台灣就馬上喝芒果果汁。

가 : 일어나자마자 컴퓨터를 켰어 .

　　i-reo-na-ja-ma-ja keom-pyu-teo-reul kyeo-sseo.

　　他一起床就馬上打開電腦。

깨달았어 .
kkae-da-ra-sseo.

我領悟了、覺悟了。

語脈分析

當我們得知事實真相，或者是學到經驗（경험 *gyeong-heom*）、教訓時，「恍然大悟」所用之語，如底下例句：

가 : 나를 사랑하지 않는 다는 것을 이제 깨달았어 . 我現在才知道他不愛我。
na-reul ssa-rang-ha-ji an-neun da-neun geo-seul i-je kkae-da-ra-sseo.

而在這裡，還是要提醒學員的是，「깨달았어」這一句子的動詞原型為：「깨달다」，乃為「ㄷ」的不規則變化喔。

除此之外，行文至今，這一句話讓筆者想到自己專業哲學領域哲學家—伊曼努爾・康德（Immanuel Kant, 1724.04.22—1804.02.12）所言的一句話：「人基本上都是善良的，最大的惡、謊言，就是自欺欺人」，希望讀者在「領悟某事情真相時」，也要勇於接受，不要再往死胡同裡面鑽了。

最後，我們以「ㄷ」的不規則變化，來結束主句中有著「ㄷ」此變化說明：

「ㄷ」的不規則變化：韓國語動詞語幹收尾音為「ㄷ」時，遇到後面母音「ㅇ」、「ㄹ」時，會產生的不規則變化。

變化規則，乃是，單詞的語幹收尾音「ㄷ」會先變成「ㄹ」，之後再附加上語尾變化。舉例如下：

如同「걷다」（走路）一動詞，語幹的收尾音為：「ㄷ」（걷），而這時候，我們要把此單詞變化成「非正式型尊敬語」時，搭配「아 / 어（여）요」變化時，根據變化規則，因為母音是「ㅓ」，要加「어요」，看似要變成「걷어요 .」，但其實這可是錯的，因為「걷다」屬於「ㄷ」不規則變化的單詞，所以，要先把「ㄷ」變化成「ㄹ」，之後再加上「어요」，而形成「걸어요 .」才為是。

底下為常見的「ㄷ」不規則變化單字，列表如下：

動詞例字	中文意思	-ㅂ/습니다.	-아(어/여)요.	-았(었/였)어요.	-(으)ㄹ 거예요.
걷다	走路	걷습니다	걸어요	걸었어요	걸을 거예요
듣다	聽	듣습니다.	들어요.	들었어요.	들을 거예요.
묻다	問	묻습니다.	물어요.	물었어요.	물을 거예요.
싣다	刊登、裝載	싣습니다.	실어요.	실었어요.	실을 거예요.

除此之外，學員們可別看到動詞單詞若為「ㄷ」就全部認為都是「ㄷ」的不規則變化喔，如我們以「얻다」（獲得）為例的話，ㄷ若是遇到後面母音「ㅇ」、「ㄹ」時，還是以正常的方式進行語尾變化，變成：「얻어요」，而不是「얼어요」。

如同底下表格整理出來的「ㄷ」規則變化：

動詞例字	中文意思	-ㅂ/습니다.	-아(어/여)요.	-았(었/였)어요.	-(으)ㄹ 거예요.
얻다	獲得	얻습니다.	얻어요.	얻었어요.	얻을 거예요.
돋다	冒出、萌芽	돋습니다.	돋아요.	돋았아요.	돋을 거예요.
쏟다	傾瀉（大水）、傾注（心力）	쏟습니다.	쏟아요.	쏟았아요.	쏟을 거예요.
굳다	變僵硬	굳습니다.	굳어요.	굳었어요.	굳을 거예요.
묻다	（挖土）埋	묻습니다.	묻어요.	묻었어요.	묻을 거예요.
믿다	相信	믿습니다.	믿어요.	믿었어요.	믿을 거예요.

而以上的動詞都是呈現出規則變化。

몰라도 돼.
mol-la-do dwae.

你不知道也沒關係、不關你的事。

語脈分析

同樣這句話的口氣是有點不耐煩口氣，告訴對方不要再追問了，「你不知道也沒關係」、「不關你的事情」等意思存在喔。而這裡的主要動詞「모르다 (mo-reu-da)」（不知道）也為「르」的不規則變化。那我們底下就補上「르」的不規則變化，來結束此主句。

「르」不規則變化：此為韓國語法中，不規則變化之一，變化規則也就是單詞語幹是「르」時，搭配「아/어요」語尾時，會產生不規則變化。

變化程序是重複一個「ㄹ」在前面字母收尾音處之後，後方的原有「으」會被省略後，再搭配正確的語尾變化，如：

모르다（不知道）這一例字，屬於「르」不規則變化。而首先我們加一個「ㄹ」在前方的字母收尾音處，之後，再看此字母的母音是「ㅗ」（모），所以要搭配的語尾變化則是「아요」，故變化成：「몰라요」。

我們再舉一例，如부르다（唱、喊叫），也是同屬「르」不規則變化，首先我們也是加一個「ㄹ」在前方的字母收尾音處，之後，此字母的母音是「ㅜ」（부），所以要搭配的非正式型尊敬語語尾是「어요」，故變化成：「불러요」。

同樣的，在底下表格，筆者收錄韓國動詞中，常常出現的「르」不規則變化，方便學習者學習、背誦之。

르不規則變化表：

動詞例字	中文意思	-ㅂ/습니다.	-아(어/여)요.	-았(었/였)습니다.	-아(어/여)서
흐르다	流動	흐릅니다.	흘러요.	흘렀습니다.	흘러서
모르다	不知道	모릅니다.	몰라요.	몰랐습니다.	몰라서
자르다	切、剪(頭髮)	자릅니다.	잘라요.	잘랐습니다.	잘라서
부르다	叫，唱	부릅니다.	불러요.	불렀습니다.	불러서
고르다	挑選	고릅니다.	골라요.	골랐습니다.	골라서
거르다	過濾	거릅니다.	걸러요.	걸렀습니다.	걸러서
무르다	熟透	무릅니다.	물러요.	물렀습니다.	물러서
조르다	勒(脖子)	조릅니다.	졸라요.	졸랐습니다.	졸라서
마르다	乾枯、用光	마릅니다.	말라요.	말랐습니다.	말라서
기르다	養	기릅니다.	길러요.	길렀습니다.	길러서
오르다	上升，登	오릅니다.	올라요.	올랐습니다.	올라서
배부르다	吃飽	배부릅니다.	배불러요.	배불렀습니다.	배불러서

주말연인 .

ju-ma-ryeo-nin.

週末戀人。

語脈分析

韓國生活壓力大，每個人可以說是為了生計在打拼，筆者曾經跟一位在美國生活的韓僑聊天，他認為韓國是「有錢也不會感到快樂的國家」，因為太注重他人目光、競爭激烈，同樣的，也產生了一些社會現象。

如主句介紹到的「週末戀人」，也就是平常疏於聯絡，週末六日見面聊天、約會的情侶。甚至，結了婚之後，男女雙方都在工作，為「雙薪家庭」（맞벌이 *mat-ppeo-ri*），有的因為職場的不同區域，甚至還有分居的現象，而只有週末雙方才能見面，因此韓國當地也產生了：「주말부부 *(ju-mal-ppu-bu)*」（週末夫婦）一詞。只能說，韓國生活大不易。

말이 없네 .
ma-ri eom-ne.

我無話可說。

語脈分析

不知道學員什麼時候會有這種感覺，面對他人做出一些無厘頭，或者是講出一些莫名其妙的「詭辯」（궤변 *gwe-byeon*），讓我們無言以對，這時候這句話就可以派上用場，即「我真的無話可說、可應對」，意近：

가 : 어이 없어 . 無話可說。
　　 eo-i eop-sseo.

同樣地，這句話也可以用在斷然結束與對方的談話，有著「我沒有什麼可說」的意思。

而這裡補充給各位學員的是，「네」語尾的文法，「네」多用於表示感嘆語氣，如底下兩例子，而這時，語尾音調呈現陳述句平調：

가 : 이 식당 음식 꽤 괜찮네 . 這餐廳的菜色相當不錯喔。
　　 i sik-ttang eum-sik kkwae gwaen-chan-ne.

나 : 와 , 너 키가 정말 크네 . 哇！你的個子好高啊！
　　 wa, neo ki-ga jeong-mal keu-ne.

除此之外，還有詢問對方，我是否可以做某事的意思，通常在語尾音調呈現疑問句的上揚，如底下例子：

가 : 그럼 , 내가 이거 먹어도 되겠네 ? 那麼，我把它吃掉也可以囉？
　　 geu-reom, nae-ga i-geo meo-geo-do doe-gen-ne?

나 : 다음 주에 다시 와도 되겠네 ? 下個禮拜我再來就可以了吧？
　　 da-eum ju-e da-si wa-do doe-gen-ne?

而此語尾多用在朋友之間，或者是對於晚輩所用，女性多用之。而敬語就是在其後加上「- 요」而成為「- 네요」。

이게 다야?

i-ge da-ya?

這些就是全部了嗎?

「다」表達「全部」意思的副詞,我想各位學員一定常常用到吧?比如:

가 : 다 주세요 . 全部都給我吧?
da ju-se-yo.

나 : 다 얼마예요? 全部多少錢呢?
da eol-ma-ye-yo?

다 : 다 어디 갔어? 全部人都去哪裡呢?
da eo-di ga-sseo?

而在主句,同樣的也是搭配到此副詞,來表達質疑對方:「這就是全部了嗎?」、「全部都在了嗎?」等意思相近意思的句型,還有由漢字「全部 --」(전부 *jeon-bu*) 引申出來的:

가 : 이게 전부야?
i-ge jeon-bu-ya?

해 줄거지 .

hae jul-geo-ji.

你會答應幫忙我（的要求）吧？

語脈分析

心中已有答案，知道對方會首肯我們的要求，所以在主句語尾變化，採用「지（요）」文法，如底下例句：

가 : 내가 만약에 시험 백점 받으면 소원 하나 들어줘 . 해 줄거지 .
　　nae-ga ma-nya-ge si-heom baek-jjeom ba-deu-myeon so-won ha-na deu-reo-jwo. hae jul-geo-ji.
　　如果我考試考一百分，你就幫我實現一個願望吧，你會吧。

而此句型也可引申，當我們有難處時，告訴對方：「你會理解我的吧」。

가 : 이해해 줄거지 .
　　i-hae-hae jul-geo-ji.

좋은 아침.
jo-eun a-chim.

早安、早上好。

語脈分析

雖然大家都知道，韓語沒有嚴格區分在「早安」、「午安」以及「晚安」時段打招呼的用語，大多以敬語「안녕하세요. *(an-nyeong-ha-se-yo.)*」以及半語「안녕 *(an-nyeong)*」兩語來問候對方。

而值得注意的是，半語的「안녕 *(an-nyeong)*」有著與對方見面時，打招呼的「你好」的意思之外，還有在與朋友分開時，表達「再見」的意思喔；而後者我們也可以用外來語「bye--」（바이 *ba-i*）替換表達喔。

而主句語脈則是主要是在早上，看到朋友時的問候語，有著「早安」、「早上好」的意思。除此之外，也可以外來語「good morning--」（굿모닝 *gun-mo-ning*）來表達相同意思喔。

등쳐먹다.
deung-cheo-meok-tta.

吃軟飯（的男生）。

我們之前學過，欺騙男生感情，以騙取金錢、名牌包包為主的女生，我們稱為「꽃뱀 *(kkot-ppaem)*」（花蛇 --，剝皮妹），那麼如果是「吃軟飯」的男生要怎麼形容呢？也就是主句的「등쳐먹다 *(deung-cheo-meok-tta)*」。

或者也可以原意為「吃霸王餐」（먹튀 *meok-twi*）一詞，來形容同樣這樣欺騙對方感情、金錢，非真心交往的男女生。

同樣地，「吃軟飯」的男生，也可以「기둥서방 *(gi-dung-seo-bang)*」來稱呼之。有趣的是，「기둥서방」原意指得是，在朝鮮時代，指使「妓生」賣酒、賣笑或者是賣身的男生（기생이나 몸 파는 여자들의 영업을 돌보아 주면서 얻어먹고 지내는 사내를 말한다. *gi-saeng-i-na mom pa-neun yeo-ja-deu-rui yeong-eo-beul dol-bo-a ju-myeon-seo eo-deo-meok-kko ji-nae-neun sa-nae-reul mal-han-tta.*），而沿用到現在，則變成「吃軟飯的男生」一意。

귀가 얇다 .
gwi-ga yap-tta.

耳根子軟。

語脈分析

中文有著「眼光太高」的說法，也就是挑對象時，對於對方的條件斤斤計較，在韓語的表達法為：

가 : 눈이 높다 .
　　nu-ni nop-tta.

而這裡，我們又可以學到搭配人體器官，而形成的韓語表達法，如主句看似直譯：「耳朵薄」，但是指得是「耳根子軟」、「很容易相信對方所說的話」。

가 : 귀가 얇다 .
　　gwi-ga yap-tta.

同樣的，我們還可以補充，描述一個人「自尊心強」（자존심이 강하다 *ja-jon-si-mi gang-ha-da*），也可以說「鼻子高」，看似牽涉到一些「面相學」的說法囉，有趣吧？

가 : 코가 높다 .
　　ko-ga nop-tta.

79

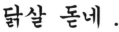

닭살 돋네 .
dak-ssal tton-ne.

讓我起雞皮疙瘩了。

語脈分析

我想這一句話，應用、使用的情景大家一定都很清楚吧？比如看噁心的東西，或者我們遭遇到害怕的事物，就可以用這句話來表達：「我都起雞皮疙瘩了！」等意思喔。

좀 있어 봐 .
jom i-sseo bwa.

再等一下、別這樣、
忍耐一下。

語脈分析

這句話的運用脈絡，有著要對方「再等一下」的意思存在；但在日常生活中，引申出有指使他人（或者是命令他人），「先等看看（事情的發展後果）」、「別輕舉妄動」等指使意味存在喔，如底下例子：

가 : 거기 좀 있어 봐 . 나 곧 도착해 .
geo-gi jom i-sseo bwa. na got do-cha-kae.
在那邊等一下，我馬上就到了。

나 : 가만히 좀 있어 봐 .
ga-man-hi jom i-sseo-bwa.
你別輕舉妄動、再忍耐一下。

어쩔건데 .
eo-jjeol-geon-de.

又 怎 麼 樣 呢 ？ 、
你 能 怎 麼 樣 呢 ？

通常在吵架時，常常可以聽到這句話的登場，表達的就是：「又怎麼樣呢？」、「你能拿我怎麼樣呢？」的意思，如我們從外面買回來的辣炒年糕，放在桌上，一個不小心就被貪吃的弟弟一下子吃完了，對著弟弟發脾氣時，弟弟還頂嘴說：

가 : 내가 떡볶이 다 먹어버렸어 . 어쩔건데 .
    nae-ga tteok-ppo-kki da meo-geo-beo-ryeo-sseo. eo-jjeol-geon-de.
    就是我把辣炒年糕全部吃完了，你怎麼樣呢？

真的讓人家無言以對吧？而與此句相同意思的短句，還有：

가 : 어쩌라고 .
    eo-jjeo-ra-go.
    那又怎麼樣呢？

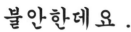

불안한데요 .
bu-ran-han-de-yo.

感到不安。（敬語）

 語脈分析

由漢字「不安 --」引申出來的一語，多用來表達自己現有的「感覺」（느낌
neu-kkim），如好像有什麼事情要發生一般。值得注意的是，這句話多用描述
自己感受所言。如底下例句：

가 : 불안한데 . 무슨 일이 생길 것 같아요 .
　　bu-ran-han-de. mu-seun i-ri saeng-gil geot ga-ta-yo.
　　有點不安呢，好像有什麼事情要發生一樣。

相反意義的單詞，則是有著漢字「平安 --」的：편안하다 . *pyeo-nan-ha-da.*

너무 심해요 .
neo-mu sim-hae-yo.

（話、行為）說得、做得太
超過了、太嚴重囉。（敬語）

 語脈分析

副詞「너무 (*neo-mu*)」多用在否定意味上的，而搭配由漢字「甚 --」（심하다
sim-ha-da）引申出來的「過份」一詞，用來描寫：對方的話，或者是行為「太
過份、太超過」的意思。同樣，表達此意義的單詞，還有借用外來語「over」，
而來的「오버 (*o-beo*)」一詞。如底下一例：

가 : 말이 너무 심해요 . 말 조심하세요 .
　　ma-ri neo-mu sim-hae-yo. mal jjo-sim-ha-se-yo.
　　你的話說得有點太過火了，請小心一點你的言詞表達。

뭐가 좋아요?
mwo-ga jo-a-yo?

有什麼開心的事情？、到底有什麼好的呢？（敬語）

語脈分析

「뭐가 (mwo-ga)」為疑問詞：「무엇 (mu-eot)」來當作主詞來使用，形成主句型。而這句的用法，為在日常生活中，看見朋友開心臉色，詢問對方「有什麼開心的事情」時之外；還有反問對方：「到底這樣東西（人）有什麼好的呢？值得你這麼喜歡」，表示百思不得其解的意思存在。如底下一例：

가 : 그 남자는 키도 작고 돈도 없고 못생겼어요. 도대체 그 남자 뭐가 좋아요?

geu nam-ja-neun ki-do jak-kko don-do eop-kko mot-ssaeng-gyeo-sseo-yo. do-dae-che geu nam-ja mwo-ga jo-a-yo?

那男生又矮、又沒錢、又不好看，到底他有什麼好的呢？

센스 있어요.
sen-seu i-sseo-yo.

有品味、有眼光、有禮貌。（敬語）

語脈分析

這句話，也是由外來語「sense--」引申出來的，多用來稱讚他人「有品味」、「眼光不錯」或者「有禮節」，而這樣借用外來語來稱讚他人的韓語句型在韓國當地盛行，如與此相近，用來稱讚他人「有禮貌」，韓國年輕人也會說成「매너 있어. (mae-neo i-sseo.)」，而「매너 (mae-neo)」即為外來語「manner」一詞。

얼마 안 돼요.
eol-ma an dwae-yo.

沒有花我多少錢、
這很便宜的。（敬語）

語脈分析

聽說男生最怕女生說得幾句話中，排行第一名的是：「哥哥，買這個給我」，呵呵，這時候，為了要表達我們是位「紳士」（신사 *sin-sa*），即使再貴的東西買下手，心在淌血，也要對親愛的女友說：「這沒多少錢的」（얼마 안 돼. *eol-ma an dwae.*）。

同樣，表達「便宜的」用法還有：

싸다 *ssa-da*（便宜）、싸구려 *ssa-gu-ryeo*（便宜貨）等用法，或者是我們之前學到的形容詞否定型：

가：비싸지 않아요.
　　bi-ssa-ji a-na-yo.
　　不怎麼貴的。

기운 났네요.
gi-un nan-ne-yo.

有力氣了。(敬語)

語脈分析

不知道學員們在唸完書時候，做什麼樣的「消遣活動」（취미생활 *chwi-mi-saeng-hwal*），能讓身體解除疲勞、恢復精力呢？是吃美食，還是去血拼（쇼핑 *syo-ping*）呢？筆者大概就是在每天夜晚唸完書，花兩三個小時分享所學，創作許多書籍給大家，這是筆者在韓國課暇之餘所做的活動。每次創作完一本書，都會讓筆者感到「又有活力」、「有力氣」，繼續學習更多的東西分享給大家。也很感謝許多讀者、學員的支持以及閱讀。

而從原本「沒有力氣」、「無精力」的狀態：「기운없어요. *gi-u-neop-sseo-yo.*」、「힘이 없어요. *hi-mi eop-sseo-yo.*」，轉變到「有力氣」、「有精力」：「기운 났네요 *gi-un nan-ne-yo*」、「힘이 생겼어요. *hi-mi saeng-gyeo-sseo-yo.*」就是我們在這裡所學到的，包含漢字「氣運 --」（기운 *gi-un*）的句型表現囉。

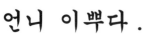

언니 이뿌다.
eon-ni i-ppu-da.

姊姊真漂亮。（女生用）

語脈分析

韓國年輕人，常常把標準的「예쁘다 *(ye-ppeu-da)*」（漂亮的）形容詞，寫成或者是唸成：「이뿌다 *(i-ppu-da)*」，來方便發音，但其實正確的寫法可是「예쁘다 *(ye-ppeu-da)*」，學員們可要記住之，而此形容詞也屬於「으」的不規則變化。

除此之外，相近的誤寫以及常用，還有：이뿌 *i-ppu*、이뽀 *i-ppo*…等等，都是如同當我們要用來稱讚他人外表「漂亮」時，所會用到之語。

最後，我們補上「으」不規則變化說明來結束此主句說明：

「으」不規則變化：此為韓國語法中，不規則變化之一，變化規則是動詞結合「아/어（여）요」語尾變化時，會出現兩個母音衝突，而造成發音的不便，故「으」會脫落之，以符合人體發音器官。

而變化方式雖然只有一種，但是端看「單詞的語素」而區分出兩種變化，舉例來說：

「크다」（長大、成長），由兩個語素（크 , 다）組成，這時候，只要單獨的把「으」脫落之後，變化成「커요」即可。

但是又如「담그다」（醃製）一詞，這裡是由三個語素（담 , 그 , 다）組成，這時，先看原型詞「으」前方字母的母音為何（담的母音是 -- ㅏ），再決定要搭配的（아/어（여）요）正確語尾變化（母音ㅏ搭配的是 -- 아요），變化成：담가요 .

再如同：예쁘다（漂亮的）一詞[5]，前方字母的母音是「ㅖ」（예），所以搭配的語尾變化是「어요」，而「으」在結合「어요」時，「으」自動脫落之，變化成為：예뻐요 .

同樣的，在底下圖表，筆者列舉出，常常出現的「으」不規則變化，方便學員學習、引用之。

으不規則變化表：

動詞例字	中文意思	- ㅂ / 습니다 .	-아(어/여)요 .	-아 (어 / 여) 서	- 았 (었 / 였) 어요 .
쓰다	寫	씁니다 .	써요 .	써서	썼어요 .
담그다	腌，做 (泡 菜)	담급니다 .	담가요 .	담가서	담갔어요 .
모으다	匯集	모읍니다 .	모아요 .	모아서	모았어요 .
끄다	關	끕니다 .	꺼요 .	꺼서	껐어요 .
뜨다	閉 (眼) 、 浮起	뜹니다 .	떠요 ,	떠서	떴어요 .
따르다	跟隨	따릅니다 .	따라요 .	따라서	따랐어요 .
치르다	付出、招待	치릅니다 .	치러요	치러서	치렀어요 .

註解

5. 此為形容詞，雖然在此部份我們首重介紹動詞這一範疇內的「으」不規則變化，
但此一變化也常見於韓國語形容詞中，請學員特別注意之。

식은 죽 먹기 .
si-geun juk meok-kki.

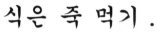

很簡單的、
像喝涼粥一般簡單。

我們在第一冊的《韓語超短句—從「是」（네）開始》，提到若是要描述事情很簡單、易辦，可以說成：「쉬워요 . *(swi-wo-yo.)*」以及「가뿐하네 *(ga-ppun-ha-ne)*」，而這裡，我們更進一步的來學習所謂的韓國語中的「諺語」（속담 *sok-ttam*），也就是主句的：「식은 죽 먹기 *(si-geun juk meok-kki)*」，直譯為：「喝涼粥」，也就是形容事情很簡單、好處理，像我們喝涼掉的粥一般，不燙口。

而相近意思的諺語還有底下數個：

가 : 누워서 떡 먹기 .
　　nu-wo-seo tteok meok-kki.
　　躺著吃糕一般簡單。

나 : 손바닥을 뒤집듯이 쉽다 .
　　son-ba-da-geul ttwi-jip-tteu-si swip-tta.
　　易如反掌。

다 : 땅 짚고 헤엄치기 .
　　ttang jip-kko he-eom-chi-gi.
　　如同在地上划水般。

最後，補充給學員的是，若是形容「事情很難」、「很難達成」或者是「別妄想可以成功」意思的諺語是什麼呢？也就是：

가 : 하늘의 별 따기 .
　　ha-neu-rui byeol tta-kki.
　　像摘天上的星星一般（不可能）。

실물이 더 나.

sil-mu-ri deo na.

本人更漂亮。

語脈分析

不知道學員跟「照片」（사진 *sa-jin*）拍出來的外貌是否一樣呢？我們之前有學過，「照騙」（照片比本人好看）的韓語為：「사진뻴 *(sa-jin-ppal)*」；那麼反過來說，本人比起照片好看，要怎麼說呢？也就是有著漢字「實物 --」的主句喔。而這裡要提醒學員，主句後方的「好」（낫다 *nat-tta*）一詞，可是屬於我們在前方說到的「ㅅ」的不規則變化喔，所以在搭配「아 / 어 (여)」的語尾時，「ㅅ」就脫落不見之。而底下，我們就補上「ㅅ」不規則變化，來結束此句。

「ㅅ」不規則變化：ㅅ的不規則變化規則乃是，韓國語單詞中語幹中，有著「ㅅ」作為收尾音時，當遇到以母音開始的語尾變化時（如搭配「아 / 어 (여) 요」時），「ㅅ」會形成脫落的現象。

如：「낫다」（變好、變健康）搭配「아 / 어요」語尾變化時，可不能寫成「낫아요」，因為遇到母音時，「ㅅ」會自行脫落，而形成不規則變化成「나아요」。

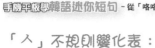

「ㅅ」不規則變化表：

動詞例字	中文意思	-ㅂ/습니다.	-아(어/여)요.	-았(었/였)어요.	-(으)ㄹ 거예요.
낫다	（病情）好轉、康復	낫습니다.	나아요.	나았어요.	나을 거예요.
붓다	腫	붓습니다.	부어요.	부었어요.	부을 거예요.
짓다	取名字、煮飯	짓습니다.	지어요.	지었어요.	지을 거예요.
젓다	攪拌	젓습니다.	저어요.	저었어요.	저을 거예요.
긋다	劃分、賒帳	긋습니다.	그어요.	그었어요.	그을 거예요.

但是，也有保留「ㅅ」而進行的不規則變化，同「웃다」（笑）搭配「아/어요」語尾變化時，可不能寫成「우어요」，因為這一單詞屬於規則變化，所以即使是遇到母音時，「ㅅ」仍會有所保留，而形成不規則變化成「웃어요」。

相同的不規則變化例字，我們還可以舉，如同「웃다」（笑）同樣具有「ㅅ」作為收尾音的的「씻다」（洗）和「벗다」（脫）等動詞，如同底下筆者整理出來之圖表。

「ㅅ」規則變化表：

動詞例字	中文意思	-ㅂ/습니다.	-아(어/여)요.	-았(었/였)어요.	-(으)ㄹ 거예요.
웃다	笑	웃습니다.	웃어요.	웃었어요.	웃을 거예요.
씻다	洗手	씻습니다.	씻어요.	씻었어요.	씻을 거예요.
벗다	脫（衣服）	벗습니다.	벗어요.	벗었어요.	벗을 거예요.
빗다	梳（頭髮）	빗습니다.	빗어요.	빗었어요.	빗을 거예요.
빼앗다	搶奪	빼앗습니다.	빼앗아요.	빼앗았어요.	빼앗을 거예요.

얼마짜린데.
eol-ma-jja-rin-de.

這值不少錢呢、
這東西不便宜呢。

看到主句，很容易就讓人聯想到「얼마나 (*eol-ma-na*)」（how much, how many）這一詞，即表示數量、程度的「多少」，如底下一例：

가 : 얼마나 좋아해？
eol-ma-na jo-a-hae?
妳有多喜歡我呢？

나 : 서울에서 부산까지 기차로 시간이 얼마나 걸려？
seo-u-re-seo bu-san-kka-ji gi-cha-ro si-ga-ni eol-ma-na geol-lyeo?
坐火車從首爾到釜山，要花多少時間呢？

又易讓我們聯想到「多少錢？」的說法：

가 : 얼마예요？
eol-ma-ye-yo?

而主句，主要是在「얼마 (*eol-ma*)」（多少錢，what price）後方加上一助詞「짜리 (*jja-ri*)」（a thing worth）來特別強調，這東西的「價錢不便宜」、「耗資不少」的意思，意近：「비싸다 . (*bi-ssa-da.*)」這一形容詞。

딴 건 몰라도 .
ttan geon mol-la-do.

不知道其他的沒關係，
但…；一定要…

筆者長年在韓國攻讀學位，經常有學生、朋友到韓國觀光、拜訪我，而這些好朋友會問到的問題就是：「首爾有什麼地方要去看看的？」、「有什麼韓國菜一定要吃的呢？」，而這時候使用此主句，來強調「沒去到什麼地點」、「沒吃到什麼東西」，但是「一定要（去哪逛、吃什麼）」的意思喔，我們透過底下例子說明之：

가 : 딴 건 몰라도 인사동 한번 꼭 가 봐야지 .

ttan geon mol-la-do in-sa-dong han-beon kkok ga bwa-ya-ji.

其他地方沒去都沒關係，但是仁寺洞一定要去一遍看看；
仁寺洞是最值得逛的地方。

나 : 딴 건 몰라도 삼계탕 한번 꼭 먹어 봐 .

ttan geon mol-la-do sam-gye-tang han-beon kkok meo-geo bwa.

其他沒吃到都不要緊，但是蔘雞湯一定要吃看看；
蔘雞湯是最值得吃的韓國菜。

내가 누구지.
nae-ga nu-gu-ji.

我是誰啊（可別小看我）。

語脈分析

這句話應用的場合，多用在有點「臭屁」（잘난 척 *jal-lan cheok*）的時候，告訴對方：「可別小看我呢，你不知道我是誰嗎？（我的厲害嗎？）」，如底下一句：

가 : 그렇게 많이 시켰는데 다 먹을 수 있나?

    geu-reo-ke ma-ni si-kyeon-neun-de da meo-geul ssu in-na?

    你叫這麼多東西，全部吃得完嗎？

나 : 걱정마. 내가 누구지.

    geok-jjeong-ma. nae-ga nu-gu-ji.

    別擔心，我是誰啊（我可是很會吃的）。

가 : 걱정마. 내가 누구지. 바로 해결할게.

    geok-jjeong-ma. nae-ga nu-gu-ji. ba-ro hae-gyeol-hal-kke.

    別擔心，別小看我，我馬上幫你解決（某難題）。

장난 아니야.
jang-nan a-ni-ya.

不是開玩笑的，真的厲害。

 語脈分析

「장난 *(jang-nan)*」為漢字的「作亂 --」，也就是「開玩笑」的「玩笑」（joke）意思。除了表達：「我不是在開玩笑」的意思之外，也指得，如我們遇到的某人事物，不是普通「嚴重」（세다 *se-da*），或者是厲害的高手，我們也可以用這句話來描述之，如底下例子。

가 : 장난 아니야. 영미가 한국어 되게 잘해.
　　jang-nan a-ni-ya. yeong-mi-ga han-gu-geo doe-ge jal-hae.
　　不是開玩笑的，英美的韓文真的講得很好。

而要表達：「你在開玩笑吧？」意思說法，為：

가 : 장난 쳐?
　　jang-nan cheo?

끼어들지 마.

kki-eo-deul-jji ma.

別插手、別攪混進來。

同樣是搭配「ㅡㅡ지 마」語尾文法的句型，表達出「要求對方不要插手管我的事情」、「別攪混進來」的意思，大有要人家「快快離開，別淌這場渾水」之意。

느낌 좋은데.

neu-kkim jo-eun-de.

感覺不錯喔。

當我們聽到朋友跟我們宣告他終於擺脫 10 年單身生活，或者是要結婚等等喜訊，而除了祝福他幸福之外，我想我們最當下的反應，應該就是「（聽到某件好事而）感覺不錯喔」，而這句話就是在表達此意。

오래전부터.
o-rae-jeon-bu-teo.

從很久以前開始就...

語脈分析

先補充這句話的文法給大家，這裡的「부터 *(bu-teo)*」助詞為「開始」（from）的意思，而「為止」（to）的韓文助詞為：「까지 *(kka-ji)*」，這一組助詞，多搭配「時間名詞」來使用，如底下一例：

가：오후 한 시부터 저녁 여섯 시까지 공부해.
  o-hu han si-bu-teo jeo-nyeok yeo-seot si-kka-ji gong-bu-hae.
  我從下午一點唸書到晚上六點。

而若是接「場所名詞」來使用的話，則是「에서…까지」一組助詞使用，如底下一例：

가：공원에서 학교까지 걸어서 갔어요.
  gong-wo-ne-seo hak-kkyo-kka-ji geo-reo-seo ga-sseo-yo.
  我從公園走路到學校。

繼之，這句話多用來韓國人講話的開場白，類似中文「很久很久以前就…」、「我從以前開始就…」等意思囉。
如底下一例：

가：민애아. 사실은 나는 오래전부터 너를 좋아했어.
  mi-nae-a. sa-si-reun na-neun o-rae-jeon-bu-teo neo-reul jjo-a-hae-sseo.
  玟愛，事實上，我從以前就很喜歡妳了。

가：야, 오래전부터 너를 싫어했어.
  ya, o-rae-jeon-bu-teo neo-reul ssi-reo-hae-sseo.
  我從以前就很討厭你了。

도움이 안 돼.

do-u-mi an dwae.

沒有助益、沒有用。

語脈分析

此主句用來表明，如某事物對我們現今的「情況」（상황 *sang-hwang*），「沒有太大助益」、「沒有助益」時，所用。如底下例子：

가 : 이 방법이 우리에게 도움이 안 돼.
　　i bang-beo-bi u-ri-e-ge do-u-mi an dwae.
　　這方法對我們沒有助益。

나 : 돈이 아무리 많아도 우리의 건강에 도움이 안 돼.
　　do-ni a-mu-ri ma-na-do u-ri-ui geon-gang-e do-u-mi an dwae.
　　再多的錢，對我們健康也沒有幫助的。

相近的句型，還有底下：「沒有助益」、「沒有幫助」一語：

도움이 없어.
do-u-mi eop-sseo.

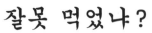

잘못 먹었냐?
jal-mot meo-geon-nya?

（罵人時）你吃錯藥了啊？

別人無禮相待，在我們生氣的時候，也會罵他人：「你今天是不是吃錯藥了？講話怎麼這麼沒有禮貌、不客氣啊？」、「你是不是吃錯東西啊？連這種事情你也做得出來？」，同樣的表現在韓語中也有喔，就是此句型，如底下一例：

가 : 오늘 너 뭘 잘못 먹었냐?

o-neul neo mwol jal-mot meo-geon-nya?

你今天是不是吃錯藥了？你今天是不是吃錯東西啊？（像個神經病一樣）。

안 넘어가네 .
an neo-meo-ga-ne.

我不會放過你的。

被他人激怒，我想每個人都會有「我絕對不會放過你」的念頭出現吧？而這句話就是在表達這感情。除此之外，補充給大家的，如在勸架，要他人「算了吧」的說法為：됐어 . *dwae-sseo.*

或者要勸他人不要再繼續爭吵下去了，說法為：그만해 . 그만해라 . *geu-man-hae. geu-man-hae-ra.*

생각해 볼게 .

saeng-ga-kae bol-ge.

我考慮看看。

如朋友一下子跟我們要借大筆的錢，或者是明天就是期末考了，女朋友突然邀約，說要一起去遊樂場遊玩、約會等等，這種當下無法讓我們決定的事情，都可以用這句話來表示「讓我考慮看看」。如底下兩例：

가 : 경덕아 , 500[오백] 만원 빌려 줄래 ?

gyeong-deo-ga, o-baeng-ma-nwon bil-lyeo jul-lae?

慶德啊，借我 5 百萬吧 ?

나 : 글쎄 , 생각해 볼게 .

geul-sse, saeng-ga-kae bol-ge.

嗯，我考慮看看。

가 : 내일 우리 당장 미국에 가는 거 생각해 볼게 .

nae-il u-ri dang-jang mi-gu-ge ga-neun geo saeng-ga-kae bol-ge.

讓我再想看看，明天我們馬上出發到美國的事情吧。

정이 들었어 .
jeong-i deu-reo-sseo.

日久生情了、
已經有感情了。

語脈分析

看似兩人個性不合，價值觀不同，外加常常鬥嘴，但是卻在某一天，兩個人成為男女朋友了；或者是跟已經沒有感情的男女朋友捨不得分手；以及穿了十幾年的衣服捨不得丟等等，這些人家說「日久生情」、「已經有感情」等等狀況，都可以用這句話來表達。而「정 *(jeong)*」也就是漢字「情 --」。有趣的是，筆者曾經分析過韓國人的特徵，就是「情的社會」（請參閱筆者《公事包韓語》（聯經出版社）書序論述），而在韓國當地有名的巧克力派餅乾包裝，也有以一個大大「情」字做設計喔。

싼 게 비지떡 .
ssan ge bi-ji-tteok.

像豆腐渣的便宜貨。

語脈分析

用來表達「便宜的」意思，韓國語大家還記得嗎？也就是我們在前冊學過的：「싸구려 . *(ssa-gu-ryeo.)*」、「싸다 . *(ssa-da.)*」等語，而這裡我們更進階地學習一下諺語，也就是主句的：가 : 싼 게 비지떡 . *ssan ge bi-ji-tteok.*

而，「비지떡 *(bi-ji-tteok)*」為「豆腐渣」，也就是大家到傳統市場看到，可以看到賣豆腐的攤販，在白肥美的豆腐盤底下，都有著這樣一小塊一小塊的豆腐渣，而韓國人就把這意象用來形容「便宜的（東西）」一用法，有趣吧。

많이 커졌네 .

ma-ni keo-jeon-ne.

看來你長大了喔、
翅膀硬了喔。

這句話一般除了用來描寫他人的小孩子，身高長高、長胖，比起以前我們看到的小娃娃「長大了許多」的意思之外，還有另外一個指稱「看來你翅膀硬了，（現在不需要我也可以把事情做好）」等正面意思存在，當然若從負面而言，也可用來反諷他人使用之。

안 보낼 거야 .

an bo-nael geo-ya.

不放手、不分手。

看似「보내다 *(bo-nae-da)*」這一個動詞是「寄（包裹）」的意思，但是實際上，在韓國人生活中，這句話多用在男女生談戀愛時，爭吵到分手時，帶有悔恨意味的「我絕對不放手」、「我絕對不跟妳分手」的意思存在。

알긴 뭘 알아?
al-kkin mwol a-ra?

你知道個什麼啊？、
你搞不清楚狀況啊。

語脈分析

這裡的句子，可以教導學員一個「動詞名詞化」的文化，也就是原本是「알다 *(al-tta)*」（知道）的動詞，搭配上「－－기」文法，變成「알기 *(al-kki)*」（知道）的名詞，而主句因為濃縮了主格助詞（는），而形成：「알긴 *(al-kkin)*」。而「動詞名詞化」的方式，總共有兩種變化方式，分別是：－－기，－－（으）ㅁ。現在就說明如下：

(1) 首先是在各個動詞語尾處，不分有無收尾音，直接加上：「기」即可形成名詞化。如底下例字：

가다（前去） ➡ 가기（「去」這件事情）
ga-da   *ga-gi*

먹다（吃） ➡ 먹기（「吃」這件事情）
meok-tta   *meok-kki*

마시다（喝） ➡ 마시기（「喝」這件事情）
ma-si-da   *ma-si-gi*

或者是，大家在上韓語課時，韓語老師要求的各位「聽說讀寫」樣樣俱全的單詞，也是由動詞名詞化轉變而來的喔。如底下例字：

듣다（聽） ➡ 듣기（聽力）
deut-tta   *deut-kki*

말하다（說話） ➡ 말하기（口說）
mal-ha-tta   *mal-ha-kki*

읽다（唸、閱讀） ➡ 읽기（閱讀）
ik-tta   *il-kki*

쓰다（寫）　➡　쓰기（寫作）
sseu-da　　　　　　sseu-gi

(2) 第二種動詞名詞化文法為「--（으）ㅁ」，也就是動詞有其收尾音加上
　　「음」、無收尾音時，加上「ㅁ」。如底下列字：

＋음的例字：

맑다（放晴）　➡　맑음（晴天）
mak-tta　　　　　　mal-geum

죽다（死）　➡　죽음（「死亡」這件事情）
juk-tta　　　　　　ju-geum

웃다（笑）　➡　웃음（「微笑」）
ut-tta　　　　　　u-seum

믿다（相信）➡　믿음（「相信」、「信賴」這件事情）
mit-tta　　　　　　mi-deum

＋ㅁ的例字：

만나다（見面）➡　만남（「碰頭」這件事情）
man-na-da　　　　　man-nam

만들다（做）　➡　만듦（「做」這件事情）
man-deul-tta　　　　man-deum

살다（生活）　➡　삶（「活著」這件事情）
sal-tta　　　　　　sam

고맙다（感謝）➡　고마움（「感謝」這件事情，此為形容詞轉變成
go-map-tta　　　　　go-ma-um　　名詞化例子）

當然，有關更進一步的說明，請參閱筆者《簡單快樂韓國語 2》（統一出版
社）一書。

所以這一個句子，用來表達：「你到底知道什麼？（其實你什麼都不知道）、
「搞不清楚狀況」等意思存在。

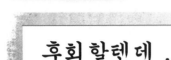

후회할텐데 .

hu-hoe-hal-ten-tte.

你（應該）會後悔的。

不知道大家有沒有做過什麼後悔的事情？我一直覺得，人能後悔是一件很棒的事情，往往常常聽見年輕人言，他對他做過的事情絕對不感到後悔，即使有痛、即使是錯誤的，但其實，這樣的「我不後悔」的一句話是一種藉口，一種即使犯錯也不認錯、不負責任的講法。

希望各位學員能以在錯誤中學習到經驗，時常後悔。

而這句話「후회할텐데 (*hu-hoe-hal-ten-tte.*)」即是表達出勸告對方：「你應該會後悔的」、「事後應該會感到遺憾的」等意思。

내가 찍었어 .

nae-ga jji-geo-sseo.

她是我的。

「찍다 (*jjik-tta*)」這個動詞，我想大家一定都常聽到吧？如：「請幫我拍照」。

가 : 사진 찍어 주세요 . *sa-jin jji-geo ju-se-yo.*

這個動詞都會派上用場了，但是韓國語的動詞可不是都只有一個意思的，如出現在這主句的「찍다 (*jjik-tta*)」，就有著如同，蓋印章的「蓋」意思。

也就是主句「내가 찍었어 . (*nae-ga jji-geo-sseo.*)」用在在日常生活中，如「聯誼」（미팅 *mi-ting*）時，有跟他人表達，「這個女生（男生）我挑上了，大家別搶」的意思存在。

104

알았다니까.
a-rat-tta-ni-kka.

我說我知道囉。

同樣地，以「알다 . *(al-tta.)*」（知道）這一動詞搭配強調、引用文法，跟對方表明：「我說我知道了（你不要再一直重複、碎碎唸）」。如底下一句。

가 : 이따가 일찍 출발해 . 等一下要早點出發喔。
　　i-tta-ga il-jjik chul-bal-hae.

나 : 알았다니까 . 너 몇번 말했어 . 我說我知道了，你都說了好幾遍了。
　　a-rat-tta-ni-kka. neo myeot-ppeon mal-hae-sseo.

而這裡要補充給各位學員的是，我們在前方有提過動詞的不規則變化，而這裡的「알다」也就是「ㄹ」的不規則變化，而有關於「ㄹ」的各自不規則變化，如底下說明：

「ㄹ」不規則變化：此為韓國語動詞單詞中，不規則變化之一，變化規則是：若單詞語幹收尾音是「ㄹ」時，後方遇見「ㅂ、ㄴ、ㅅ」時，「ㄹ」在發音時，會造成脫落現象。如下例：

알다（知道、瞭解）搭配「습니다」（正式型尊敬語）語尾變化時，我們從上面的規則可看到「알다」語幹的「알」收尾音為「ㄹ」，屬於「ㄹ」不規則變化例字，故若遇到後方搭配「ㅅ」語尾變化時，不可以寫成：알습니다，而是必須要把「ㄹ」脫落之，變化成：압니다 .

再舉一例為例，如「빌다」（祈求），同樣搭配「습니다」（正式型尊敬語）語尾變化時，我們可看到「빌다」語幹的「빌」收尾音為「ㄹ」，屬於「ㄹ」不規則變化例字，故若遇到後方搭配「ㅅ」語尾變化時，不可以寫成：빌습니다，而是必須要把「ㄹ」脫落之，變化成：빕니다 .

底下，筆者把常見的「ㄹ」不規則變化例字，列表如下，方便學習者學習之。

ㄹ**不規則變化表：**

動詞例字	中文意思	-ㅂ/습니다.	-아(어/여)요.	-았(었/였)어요.	-(으)ㄹ 거예요.
알다	知道	압니다.	알아요.	알았어요.	알 거예요.
빌다	祈求	빕니다.	빌어요.	빌었어요.	발 거예요.
살다	生活	삽니다.	살아요.	살았어요.	살 거예요.
걸다	打(電話)	겁니다.	걸어요.	걸었어요.	걸 거예요.
놀다	玩	놉니다.	놀아요.	놀았어요.	놀 거예요.
졸다	打瞌睡	좁니다.	졸아요.	졸았어요.	졸 거예요.
만들다	做	만듭니다.	만들어요.	만들었어요.	만들 거예요.
열다	開	엽니다.	열어요.	열었어요.	열 거예요.
울다	哭	웁니다.	울어요.	울었어요.	울 거예요.
팔다	賣	팝니다.	팔아요.	팔았어요.	팔 거예요.

그러지 말고.
geu-reo-ji mal-kko.

不要這樣子做，不然…。

語脈分析

這句話用來否定「對方提出來的提議，或者是建議」，而在之後提出自己的
觀點、提案，多為韓國人掛在嘴上的口頭語，如底下例句：

가 : 자기 , 우리 오늘 데이트 뭐 할래 ? 영화 보러 갈래 ?
　　ja-gi, u-ri o-neul tte-i-teu mwo hal-lae? yeong-hwa bo-reo gal-lae?
　　親愛的，我們今天約會要幹嘛？去看電影嗎？

나 : 아니 , 지난 주에 영화관에 갔었어 . 그러지 말고 오늘 우리
　　롯데월드에 놀러 가지 .
　　a-ni, ji-nan ju-e yeong-hwa-gwa-ne ga-sseo-sseo. geu-reo-ji mal-kko o-neul u-ri
　　rot-tte-wol-deu-e nol-leo ga-ji.
　　不要，上個禮拜才去過電影院，不然，我們今天去樂天世界玩吧。

걸리기만 해 .

geol-li-gi-man hae.

妳就不要栽在我手裡、
別被我抓到。

跟朋友喝酒，或者是玩國王遊戲輸了，遭受到嚴重的「懲罰」（벌，*beol*）之後，我想每個人都一定會有這樣的感受，就是等待下一次勝利的機會，要來好好懲罰其他人，「你就不要栽在我手裡」、「就不要被我抓到」等意思。當然這句話也不僅僅用在玩遊戲輕鬆的場面下，日常生活中使用的話，也有警告的意味喔，如底下一例：

가 : 걸리기만 해 . 죽여버리겠다 .

geol-li-gi-man hae. ju-gyeo-beo-ri-get-tta.

你就別栽在我手裡，不然我一定給你顏色瞧瞧。

군기 빠졌어 .

gun-gi ppa-jeo-sseo.

不守規矩。

「군기（*gun-gi*）」，為漢字 [軍紀 --] 一詞，看到這漢字，我想學員們都知道，這一句話為：「沒有了軍紀」、「軍紀渙散」的意思，也就是引申為：「不守規矩」、「怎麼這麼沒有規矩」等等意思。

108

티가 안 난다.
ti-ga an nan-da.

完全看不出來、沒有破綻。

語順分析

主句用來描繪一個人，如喝醉酒也讓人看不出來酒醉之狀，或者是做某事情「沒有破綻」，如撒謊也氣定神閒，一如往常，讓人家摸不著頭緒，他說的是真的還是假的，即中文語感的：「完全看不出來」、「沒有任何破綻」之意，相近的句型還有：

가 : 틈이 없다.
　　 teu-mi eop-tta.
　　（做事情）沒有（被人察覺的）縫隙。

이따가 봐서 .

i-tta-ga bwa-seo.

等一下看情況

（再說、再決定）。

世上的事情瞬息萬變，不知道大家是有計畫性、規劃著生活，還是隨性而活呢？而主句，主要是用在後者囉，比如參加韓國人的「聚餐」(모임 *mo-im*)，難免都會有第二攤，這時候就會出現底下的會話了：

가 : 선배 , 우리 이따가 이차갈까 ?

seon-bae, u-ri i-tta-ga i-cha-gal-kka?

我們等一下要續攤嗎 ?

나 : 이따가 봐서 .

i-tta-ga bwa-seo.

等一下看情形囉 。

相近意思的句型，還有：「看一下情況（再說）」：

가 : 상황 봐서 .

sang-hwang bwa-seo.

而相反的，「按照計畫（實施某件事情）」要怎麼說呢？也就是：

가 : 계획대로 하자 .

gye-hoek-ttae-ro ha-ja.

가만두겠니？
ga-man-du-gen-ni?

你以為我會默默承受、不反抗嗎？
你以為我會放過這件事情嗎？

語脈分析

「가만두다 (*ga-man-du-da*)」為：「插手管事」、「放縱」等意思，而主句則是反問對方的疑問句，我想學員一聽到這句話，就知道主句的用法就在於表達，當我們遇到他人做出欺人太甚、太超過的事情時，「使我們看不下去」時，表達「你以為我會默不吭聲？」、「你以為我好欺負？」等意思存在，大有警告他人、與對方撕破臉的意味存在。

除此之外，相同意思的還有比較直接、肯定的說法，即是：

가：가만 안 둬.
　　ga-man an dwo.
　　我絕對不會放過你。

最後，補充給學員「你不要輕舉妄動」、「你給我安靜一點，不要給我搗亂」的說法，跟此句型也是有關連喔，即：

가：가만이 좀 있어봐.
　　ga-ma-ni jom i-sseo-bwa.

111

해피 뉴이어 .

hae-pi nyu-i-eo.

新年快樂。（敬語）

學員聽到主句的發音，就知道這是借用外來語英文「Happy New Year」而成的句型了。

同樣的，在一些佳節節慶或特定時間時，常常聽到的祝賀話，不知道學員學到幾個囉？如底下所示喔：

가 : 새해 복 많이 받으세요 .　新年福氣多多（新年快樂）。
　　sae-hae bok ma-ni ba-deu-se-yo.

　　새해에는 모든 일이 이뤄지시길 빌어요 .　祝您新的一年心想事成。
　　sae-hae-e-neun mo-deun i-ri i-rwo-ji-si-gil bi-reo-yo.

나 : 추석 잘 보내세요 .　　中秋節快樂。
　　chu-seok jal ppo-nae-se-yo.

다 : 메리크리스마스 .　　聖誕節快樂。
　　me-ri-keu-ri-seu-ma-seu.

라 : 생일 축하해요 .　　生日快樂。
　　saeng-il chu-ka-hae-yo.

마 : 주말 잘 보내세요 .　　祝您有個愉快的週末時光。
　　ju-mal jjal ppo-nae-se-yo.

그런데 나는 .
geu-reon-de na-neun.

至於我則是…

在主句中，我們看到使用了一個轉折語連接詞「그런데」，也就是代表「但是」（But, However）的意思，來強調「我自己的意見」，也就是：「但是，我則是…」的意思。

而「그런데 (geu-reon-de)」也可以跟用來連接兩個句型，且相同意義「－－지만」來替換之，綜合以上所言，我們以底下例句來說明：

가 : 너는 씨스타를 가장 좋아하지 . 그런데 나는 소녀시대가 제일
　　좋아 .
neo-neun ssi-seu-ta-reul ga-jang jo-a-ha-ji. geu-reon-de na-neun so-nyeo-si-dae-ga je-il jo-a.
你喜歡 sistar，而我則是最喜歡少女時代。

나 : 너는 소주를 좋아하지만 나는 맥주가 더 좋아 .
neo-neun sso-ju-reul jjo-a-ha-ji-man na-neun maek-jju-ga deo jo-a.
你喜歡燒酒，而（至於我呢），我更喜歡啤酒。

（上方句型為：
너는 소주를 좋아해 .
neo-neun so-ju-reul jjo-a-hae.

그런데 나는 맥주가 더 좋아 .
geu-reon-de na-neun maek-jju-ga deo jo-a.

兩句以「－－지만」連結之）

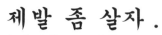

제발 좀 살자. 拜託你，讓我喘口氣吧。
je-bal jjom sal-jja.

語脈分析

我想上班族最容易有這樣的感受吧？就是老闆每天要我們加班、周六日有空也過來公司看看，長達數年；或者是遇到疑心病極重的男女朋友，每隔半小時都要查勤一下，人在哪裡、做什麼？長達數個月。而這些狀況一定會讓人喘不過去吧？讓人家大有想說出表達：「拜託你，讓我喘口氣吧」、「拜託你，讓我輕鬆一下吧」的主句。而此句主要是在表達忍受對方有一段時間、抱怨意味強烈。

소감이 뭐니? 你的感想、
so-ga-mi mwo-ni? 想法是什麼呢？

語脈分析

「소감 (*so-gam*)」為漢字「所感」而來，可以用來如參觀完畫廊，或者是讀完一本書，請問對方的有怎麼樣的想法、感想等等，相同的句型還有：

가 : 소감이 있나?
so-ga-mi in-na?
你有感想、想法嗎？

114

6音1句

서로 정리하자 .
seo-ro jeong-ni-ha-ja.

我們互相整理一下關係吧。
（如分手時）

「서로 *(seo-ro)*」為一副詞，即「互相」的意思。而「정리하다 *(jeong-ni-ha-da)*」即由漢字「整理 --」引申出來的，而這句話，多用在男女朋友分手時，「我們互相整理一下關係吧」、「以後不要再聯絡」或者是「不要再黏人，纏著要復合」的決定話語之。

다시 돌아와요 .
da-si do-ra-wa-yo.

再回到我身邊。（敬語）

「情侶」（커플 *keo-peul*）之間吵架乃是經常會發生之事，但是若是鬧到分手，爭吵可以說是很嚴重囉。而若是分手之後，要求對方復合，這句話就會用到了，如底下一例：

가 : 다시 돌아오면 안 돼요 ? 더 잘해 줄게요 .
    da-si do-ra-o-myeon an dwae-yo? deo jal-hae jul-ge-yo.
    妳不能再回到我身邊嗎？我以後會對妳更好的。

手機平板學**韓語迷你短句** - 從「咯咯咯」(ㅋㅋㅋ) 開始

기분이 어때요?
gi-bu-ni eo-ttae-yo?

感覺如何？心情怎麼樣？
（敬語）

「기분 *(gi-bun)*」為漢字「氣分 --」，就是「心情」、「感受」的意思。而主句也多用在詢問對方「心情、感覺如何？」，如底下一例：

가 : 시험 드디어 끝났어 . 기분이 어때?
si-heom deu-di-eo kkeun-na-sseo. gi-bu-ni eo-ttae?
考試終於結束囉，感覺怎麼樣呢？

나 : 홀가분해 .
hol-ga-bun-hae.
鬆了一大口氣。

但是，這邊要提醒學員的是，主句很容易跟詢問對方，如某間咖啡廳、餐廳的「氣氛」如何的句子搞混喔，也就是有著漢字「雰圍氣 --」(분위기 *bu-nwi-gi*) 的句型：

가 : 그 커피숍의 분위기가 어때？
geu keo-pi-syo-bui bu-nwi-gi-ga eo-ttae?
這咖啡廳氣氛如何呢？

아직 멀었어요 .
a-jik meo-reo-sseo-yo.

還差得遠呢、還不太行呢。
（敬語）

語脈分析

筆者在韓國，常有韓國人稱讚我韓文講的好，而這樣的情況，除了我們回答
「謝謝」（감사합니다 . *gam-sa-ham-ni-da.*）之外，還可以以主句來表達謙虛，
來表示：「哪有，我還差得遠呢」、「我（韓文）還不太行呢」，如底下句型：

가 : 한국어 정말 잘하시네요 .
　　han-gu-geo jeong-mal jjal-ha-ssi-ne-yo.
　　您韓文講得很好呢。

나 : 아니요 . 아직 멀었습니다 .
　　a-ni-yo. a-jik meo-reot-sseum-ni-da.
　　哪有，還差得遠（要學得還很多呢）呢。

繼之，這句話也可以用來形容他人，如某手藝、技術「功夫還不到家」、「還
差得遠呢」。

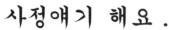
사정얘기 해요.

sa-jeong-yae-gi hae-yo.

說情、求情、拜託。

（敬語）

語脈分析

「사정 (*sa-jeong*)」漢字為：「事情 --」，也就是「私情」的意思，比如中國人最愛套關係、講人情，所以當我們發生困難時，這主句就會派上用場了，也就是「去說情」、「求情」拜託等意思喔。如底下例句：

가：경덕을 좀 도와서 선생님에게 사정얘기 좀 해 주시겠어요.
　　gyeong-deo-geul jjom do-wa-seo seon-saeng-ni-me-ge sa-jeong-yae-gi jom hae ju-si-ge-sseo-yo.
　　你就幫慶德一下嘛，去跟老師講講情吧。

나：사정얘기할 생각도 하지 마. 이번에 절대로 안 받아 줄거야.
　　sa-jeong-yae-gi-hal ssaeng-gak-tto ha-ji ma. i-beo-ne jeol-dae-ro an ba-da jul-geo-ya.
　　你別想求情了，這次我絕對不放過你。

괜찮다니까요 .
gwaen-chan-ta-ni-kka-yo.

我說我不要緊的、我說我沒關係的。（敬語）

語脈分析

「괜찮다 *(gwaen-chan-ta)*」我想是學員都很熟悉的一句話，用來表明：「我沒事」、「沒關係」的意思，而這句話，以附加上語尾的變化，用來強調：「我說：『我沒關係』」的語感。而此句型多用來告知對方不用擔心，我可以做到某事、平安等意思，如底下一例：

가 : 괜찮다니까 걱정하지 마세요 .
　　gwaen-chan-ta-ni-kka geok-jjeong-ha-ji ma-se-yo.
　　我說：「我沒關係」，您不用擔心。

最後補充給學員的是，與主句相反的句型，如朋友喝過酒之後，還硬說沒喝多少，可以開車回家，這時我們要反對他所言的，即中文的「我說：『（你）不行的（去做某事）』」，要怎麼說呢？也就是底下句型：

가 : 안 된다니까요 .
　　an doen-da-ni-kka-yo.

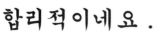

합리적이네요. （你的提案、條件）很合理呢、（話）很有道理。（敬語）
ham-ni-jeo-gi-ne-yo.

當平常很會拗人家的朋友或者是同事，突然提出讓我們雙方覺得合理的建議時，我想大家一定都會脫口而出：「你的話、建議很合理呢！」、「很公平呢」，而主句就是表達這樣的心境，也就是有著「合理」漢字的一句型。

當然，此句型也可用在贊成對方所說的話，「合理」、「公平」。而相近的句型還有底下兩句型：

가： 일리가 있네요. 有道理。（有著漢字「一理」（일리, *il-li*）單詞）
　　il-li-ga in-ne-yo.

나： 그 말이 맞아요. 你說的對。
　　geu ma-ri ma-ja-yo.

숨기는 게 없어. 我沒有隱藏的事情（東西）。
sum-gi-neun ge eop-sseo.

「숨기다 (*sum-gi-da*)」為動詞，為「隱藏」一意，而這裡的「게」為「것」搭配到小主格助詞「이」，在口語上形成「게」的縮寫。

所以整句話就用來表達自己的清白，「絕對沒有隱瞞對方任何事情、東西」的意思。

감사한 줄 알아 .

gam-sa-han jul a-ra.

你要感謝我才對啊。

我想應該沒有人喜歡「身在福中不知福」,「得了便宜還賣乖」的人吧,不懂得感恩的人,真的會讓人受不了呢,而這時候,若要跟對方表達:「你要感謝我才對(別以為這是你應該得的)」、「你要懂得感恩啊」等等用法,即是這句話,如底下一例:

가 : 원래 떨어졌는데 내가 도와 줬으니까 감사한 줄 알아 .

wol-lae tteo-reo-jeon-neun-de nae-ga do-wa jwo-sseu-ni-kka gam-sa-han jul a-ra.

原本你應該是不會合格的,但是是我幫你的,要感謝我才對啊。

同樣的,以「-- 줄 알아」為終結文法,我們在韓劇中時常聽見的說法,還有「(跟我見面、吃飯)是你的榮幸啊」一語,即:

가 : 영광인 줄 알아 .

yeong-gwang-in jul a-ra.

但,我想聽到這句話的人,應該感覺很差吧,請小心使用囉。

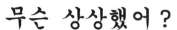

무슨 상상했어?

mu-seun sang-sang-hae-sseo?

你在想什麼啊？、
你想歪了你。

是人總是會有想像力的，如底下韓國男女朋友電話熱線的撒嬌對話，這句話就會用到囉。

가 : 자기야. 뭐해?
ja-gi-ya. mwo-hae?
親愛的，妳在幹嘛？

나 : 방금 샤워했어.
bang-geum sya-wo-hae-sseo.
我剛洗完澡喔。

다 : 그래? ㅎㅎㅎ.
geu-rae? h-h-h.
這樣子啊？呵呵呵。

라 : 야! 오빠 너 지금 무슨 상상했어?
ya! o-ppa neo ji-geum mu-seun sang-sang-hae-sseo?
喂！哥哥，你現在在想什麼啊？

창피한 줄 알아.

chang-pi-han jul a-ra.

你自己應該知道丟臉、
感到羞恥。

之前我們在《韓語超短句—從「是」（네）開始》學過，表達「丟臉、出醜」
的說法有：쪽팔리다 , 망신스럽다，以及창피하다 .

　　jjok-pal-li-da, mang-sin-seu-reop-tta , chang-pi-ha-da.

而在這裡，我們更進階地來學習到，若是想要指責老是不知廉恥、臉皮厚的
人，「你自己應該感到丟臉、羞恥」，類似英文的：「you ought to be shame
of yourself.」意思，即這句話：창피한 줄 알아 . *chang-pi-han jul a-ra.*
而「창피하다 *(chang-pi-ha-da)*」是從漢字「猖披 --」引申出來之。

왜 나를 쳐다봐?

wae na-reul cheo-da-bwa?

你為什麼一直看著我？

我想大家都不喜歡被人家盯著看的感覺吧？即使是我們長的漂亮、帥氣，呵
呵。而這句話就是表達反問對方：「你為什麼一直盯著我看？」的意思存在
喔，更短的說法，即：

　　가 : 뭘 봐? 你看什麼？

　　　mwol bwa?

但小心，這兩句話都會因為語氣的柔硬，而形成不同的語感喔，甚至有挑釁
的意味存在。

표정이 왜 그래? 你的表情怎麼看起來不太好？
pyo-jeong-i wae geu-rae? 你心情不好嗎？

語脈分析

一大早看到同學臉色不對，猜測同學身體不舒服，就可以以有著漢字「表情--」（표정 *pyo-jeong*）這句話來詢問之，即：「你的表情看起來不太好喔？」、「臉色怎麼這樣呢？」，多指負面狀態，如底下例句：

가 : 표정이 왜 그래？
　　pyo-jeong-i wae geu-rae?
　　妳看起來好像心情不好喔。

나 : 시험에 떨어졌으니까 .
　　si-heo-me tteo-reo-jeo-sseu-ni-kka.
　　我考試考不好。

或者是直接一點的陳述句表達「你的表情看起來不好喔」：

가 : 표정이 안 좋네 .
　　pyo-jeong-i an jon-ne.

而相同意思的句型，還有我們之前學過的，由漢字「臉色--」（안색 *an-saek*）引申出來的，「你的臉色看起來不好」相同意思的句型：

가 : 안색이 좋지 않아 보여 .
　　an-sae-gi jo-chi a-na bo-yeo.

물어보는 거야 .
mu-reo-bo-neun geo-ya.

我在問你話啊 ,
(怎不回答 ?)

與人對話的時候 , 最怕遇到他人欲言又止 , 明明是很緊急的事情 , 但是對方要說不說的 , 真的是急死了 , 而這句話就會派上用場 , 如底下例子 :

가 : 이 케이크를 네가 먹은 거야 ? 到底是不是你吃掉蛋糕的啊 ?

　　　i ke-i-keu-reul ne-ga meo-geun geo-ya?

나 : … 無言 。

다 : 야 ! 내가 물어보고 있잖아 거야 . 대답 안 해 ?

　　　ya! nae-ga mu-reo-bo-go it-jja-na geo-ya. dae-dap an hae?

　　　喂 , 我在問你話啊 , 還不說啊 ?

보고 싶을 거야 .
bo-go si-peul kkeo-ya.

我會想你的 。

我想大家朗朗上口說的韓文其中一句就是 : 「 보고 싶어 *(bo-go si-peo)* 」 (我想你) , 而這裡更進一步表達 「 我會想你 」 的句型就是此句 , 如底下一例子 :

가 : 내일 바로 군대 갈 거야 . 明天我就要去當兵了 。

　　　nae-il ba-ro gun-dae gal kkeo-ya.

나 : 오빠 . 내가 보고 싶을 거야 . 哥哥 , 我會想你的 。

　　　o-ppa. nae-ga bo-go si-peul kkeo-ya.

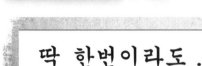

딱 한번이라도 .
ttak han-beo-ni-ra-do.

即使只有一次。

我們在前方已經學過「딱 *ttak*」用來強調「唯一」（only）、「僅僅」的副詞。
而這一句子，也是用來表達「即使只有一次」之意，如底下例句：

가 : 딱 한번이라도 한국에 놀러 가고 싶어 .
　　ttak han-beo-ni-ra-do han-gu-ge nol-leo ga-go si-peo.
　　即使只有一次，我也想去韓國。

가 : 딱 한번이라도 얼굴을 보고 싶어 .
　　ttak han-beo-ni-ra-do eol-gu-reul ppo-go si-peo.
　　即使只有一次，我也想再見妳一面。

착한 척 하지 마 .
cha-kan cheok ha-ji ma.

別裝好人、善良。

我想大家應該都不喜歡「虛偽的人」（가식적인 사람 *ga-sik-jjeo-gin sa-ram*）吧？
而這句話，就是用來表達、指責對方「別裝好人、善良」的意思存在。
那麼，補充給學員的是，「你別裝傻」、「你別裝不懂」怎麼說呢？

가 : 모른 척 하지 마 .
　　mo-reun cheok ha-ji ma.

없던 걸로 하자.

eop-tteon geol-lo ha-ja.

當作我沒說過
（做過這事情）。

萬一當我們說錯話，或者是要求對方太過份，道過歉之後，希望對方不要介意，「當作我沒有說過這些話」、「假裝我沒有做過這些事情」，用韓語要怎麼表達呢？也就是這句話，如底下例句：

가：너의 요구가 좀 심하다.

　　neo-ui yo-gu-ga jom sim-ha-da.

　　你的要求太過份了。

나：그래. 그럼 없던 걸로 하자.

　　geu-rae. geu-reom eop-tteon geol-lo ha-ja.

　　這樣子啊，那就當作我沒有說過這些話。

내 취향 어땠어?

nae chwi-hyang eo-ttae-sseo?

我的風格、
愛好怎麼樣呢？

취향 *chwi-hyang* 為漢字：「趣向 --」，用來表示：「取向」、「風格」以及「愛好」等等意思喔，所以這句話除了可以用來詢問對方，比如「我的穿著怎麼樣？」、「我的愛好怎麼樣之外？」。

當然，這句話也可以用在，對方在質疑我們的穿著時，反問之：「我的穿著（愛好）又怎麼樣呢？怎麼要你管呢？」等意思。

아무 일도 없어.

a-mu il-do eop-sseo.

什麼事情也沒有。

韓國人萬一作賊心虛，而隱藏的事情被人家「抓包」（들키다 *deul-ki-tta*）的時候，一定會趕緊用這句話來搪塞之，表示「沒有發生什麼事情」、「沒事的」，相近的句型還有：

가：아무 것도 없어.
　　a-mu geot-tto eop-sseo.
　　沒有任何東西。

當然這是把此句型用在負面、否定狀態下，平常此句型也可以用在肯定、正面。

除此之外，若是肯定、正面情況下，我們還可以用由漢字「別--」引申出來的句型來表達「沒有什麼特別的事情」、「沒有什麼事情發生」等意義，即：

가：요즘 잘 지냈어?
　　yo-jeum jal jji-nae-sseo?
　　最近過得還好嗎？

나：응, 별일이 없어.
　　eung, byeo-ri-ri eop-sseo.
　　嗯，沒有什麼事情。

점점 추워졌네 .

jeom-jeom chu-wo-jeon-ne.

天氣漸漸變冷呢 。

語脈分析

「점점 *(jeom-jeom)*」為一副詞，表達「漸漸地」的意思，而這一個句型，我們可以學到一個文法，即是所謂的「被動式」。

而這裡我們是利用韓國語形容詞「춥다*(chup-tta)*」（寒冷的）來進行「被動式」改寫，來表達「天氣變冷了」，因為天氣變冷了，是自然現象，而非我們人主動改變天氣狀況，所以又言「被動式」，而這裡的搭配的文法很簡單，即：搭配另外一個動詞（ㅡㅡ 지다）來表達之。文法如下：

形容詞母音為ㅗ，ㅏ + 아지다 .
形容詞母音為非ㅗ，ㅏ時 + 어지다 .
形容詞母音為하 + ㅡㅡ 여지다 .

依循文法，搭配底下例字變化：

짧다：短的。　　➡　짧아지다 . 變短。
jjap-tta　　　　　　*jjal-ba-ji-da.*

멀다：遠的。　　➡　멀어지다 . 變遠。
meol-da　　　　　　*meo-reo-ji-da.*

뚱뚱하다：胖的。➡　뚱뚱해지다 . 變胖的。
ttung-ttung-ha-da　　*ttung-ttung-hae-ji-da.*

在上方，我們可以看到，以原型的韓國語形容詞，根據母音種類的不同，先變成「아/어（여）」之後再加上「지다」，即可變成表達：「變得…怎麼樣」的被動語氣出現之。

同樣地，我們在底下透過例子來進一步說明之：

가 : 요즘 날씨가 점점 추워졌어요 .

　　yo-jeum nal-ssi-kka jeom-jeom chu-wo-jeo-sseo-yo.

　　最近天氣漸漸變得很冷。

나 : 머리가 점점 길어졌습니다 .

　　meo-ri-ga jeom-jeom gi-reo-jeot-sseum-ni-da.

　　頭髮慢慢長長了。

而此文法，比較強調表示狀態變化的「過程」，故我們在例句中，可看到多與「점점 *(jeom-jeom)*」（漸漸）、「차차 *(cha-cha)*」（稍微）等副詞搭配使用，也就是「漸漸變得很冷」、「頭髮慢慢變長、稍微長長了」，都是一種在不知不覺中，被動發展出來的「過程」了。

當然，此文法語尾同樣地，常常搭配「過去式」使用[6]。

而這句話，就是表達「天氣變冷了」，如底下一例：

가 : 날씨가 점점 추워졌으니까 감기 조심해 .

　　nal-ssi-kka jeom-jeom chu-wo-jeo-sseu-ni-kka gam-gi jo-sim-hae.

　　天氣漸漸變冷，小心感冒了。

註解

6. 同樣地，也可以表現在條件、假設句上，如「你每天都吃宵夜，半年之後一定會變胖」，這時候我們就可以用表示未來式推測的口吻來改寫之：「– 질거예요 .」（뚱뚱해질거예요 . ：會變胖的樣子）。有關於其他的兩種被動式改寫法，請參閱敝人《簡單快樂韓國語 1、2》（統一出版社）。

공부하기 싫어 .
gong-bu-ha-gi si-reo.

不想念書。

我們在前方已經學過「動詞名詞化」的文法，也就是在動詞語幹不分有無收尾音，以「－－기」以及「－－(으)ㅁ」來進行改寫。同樣的這句話，也是透過此文法，來表達自己「現在不想念書」的心情。

而這樣動詞名詞化的例句，還可以補充如下：

가 : 음악 듣기 싫어 .
　　eu-mak deut-kki si-reo.
　　不想聽音樂。

나 : 매운 걸 먹기 싫어 .
　　mae-un geol meok-kki si-reo.
　　不想吃辣的東西。

다 : 죽음이 무서워 .
　　ju-geu-mi mu-seo-wo.
　　死亡真恐怖。

라 : 믿음이 필요해 .
　　mi-deu-mi pi-ryo-hae.
　　需要信任。

말 좀 예쁘게 해 .

mal jjom ye-ppeu-ge hae.

不要亂講話、
話講好聽點。

我們在前方學過老愛「出口成髒」、「愛罵髒話的人」為「욕쟁이 *(yok-jjaeng-i)*」。而這一句話，就是我們可以對這種人可以說的話，要對方「不要亂講話」、「話好好講（不要一開口就出口成髒）」意思，相同的句型還有：

가 : 말 조심해 . 你講話小心一點。

mal jjo-sim-hae.

나 : 말 가려서 못해？

mal kka-ryeo-seo mo-tae?

你話就不能好好講嗎？你不能稍微想過之後，再說出口嗎？

而這兩句話，都比較有警告的意味存在。

트러블 메이커 .

teu-reo-beul me-i-keo.

麻煩鬼、出包鬼。

造句型的原意直翻過來，是外來語英文的「Trouble Maker」，為「問題製造者」、「專門製造問題的人」，換句話說，就是類似中文，指稱此人做事不俐落，常常丟三落四的「出包鬼」、「麻煩鬼」的意思，我想這樣的人，應該很讓人頭痛吧？

나랑 특히 친해.
na-rang teu-ki chin-hae.

跟我很熟。

這一句話，常常用在與人「裝熟時」的情況，如底下例句：

가 : 배우 이민호? 그 친구가 나랑 특히 친해.
　　bae-u i-min-ho? geu chin-gu-ga na-rang teu-ki chin-hae.
　　你說演員李敏鎬嗎？他跟我很熟啊。

而這裡要提醒學員的是，「특히 *(teu-ki)*」是由漢字「特 --」引申出來的副詞，而在韓國語的副詞擺放位置，雖然在口頭語上，副詞擺放的位置比較自由，如底下一例：

가 : 와. 빨리. 당장.
　　wa. ppal-li. dang-jang.
　　過來，快點，現在。

但是，就韓國語「書面體」（문어체 *mu-neo-che*）而言，副詞不可擺在句子後方，這一點雷同中文，與英文不同，所以在此筆者還是建議學員在學習韓語時，不要把副詞擺放到句子後方，請特別注意之。

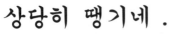

상당히 땡기네.
sang-dang-hi ttaeng-gi-ne.

（對方開出來的條件、提議）很
吸引人呢、讓我感到興趣了、
聽起來不錯。

語脈分析

「상당히 (sang-dang-hi)」為漢字「相當--」的副詞，而「땡기다 (ttaeng-gi-da)」相近於「-- 하고 싶다 (ha-go sip-tta)」（想做什麼事）的意思，而這一句話，比如當對方提出來的條件、建議，原本讓我感到沒有興趣的事情，突然讓我改變心意，想去做了，如底下一例：

가： 맛있는 것도 사 주고, 명품 가방도 사 줄게.
　　 나의 여친이 될 수 있나?

　　 ma-sin-neun geot-tto sa ju-go, myeong-pum ga-bang-do sa jul-ge. na-ui yeo-chi-ni doel su in-na?

　　 我買好吃的給妳吃、名牌包包都買給妳，妳可以成為我的女朋友嗎？

나： 그래, 상당히 땡기네.

　　 geu-rae, sang-dang-hi ttaeng-gi-ne.

　　 聽起來不錯喔。

而「땡기다 (ttaeng-gi-da)」也多用在比如我們想吃某食物，如「辣炒年糕」(떡볶이 tteok-ppo-kki) 時，除了可以說成：

가： 떡볶이 먹고 싶어.

　　 tteok-ppo-kki meok-kko si-peo.

也可以說成：

가： 떡볶이 땡기다.

　　 tteok-ppo-kki ttaeng-gi-da.

故，「땡기다 (ttaeng-gi-da)」有替換「-- 하고 싶다 (ha-go sip-tta)」的用法存在之。

내 편 들어줘.

nae pyeon deu-reo-jwo.

成為我的好伙伴、
站在我這一邊吧。

語脈分析

「편 (*pyeon*)」為漢字「便--」，指稱的是「邊」的意思，而這句話，如我們中文語境中，要求對方「成為我的好伙伴」、「站在我這一邊（支持）我吧」、「please be on my side.」等，大有請求對方表態、支持的意思。

而同樣的，老是扯我們後腿，在後面放冷箭，我們搞不懂，到底他是哪一邊？是敵是友？這時候就可以用底下，「你到底是哪一邊的？」、「你到底是站在哪邊的啊？」來問之：

가 : 도대체 누구 편이야 ?
do-dae-che nu-gu pyeo-ni-ya?

나 완전 팬인데.

na wan-jeon pae-nin-de.

我（完全）是你的粉絲呢、
我超喜歡你的。

語脈分析

不知道學員有沒有喜歡的韓國歌手、演員或者是棒球選手呢？我想當我們遇到自己欣賞的公眾人物時，別忘記跟他們說上這一句話喔，包准讓對方開心，也就是表達：「我是你的瘋狂粉絲」、「我超崇拜你的」意思喔。

而這種「瘋狂粉絲」也可以以有著漢字「熱情--」（열정적이다 *yeol-jeong-jeo-gi-da*），跟外來語「fan」（팬 *paen*）而成的新語「熱 fan--」，來表達之，即：
열팬 . *yeol-paen.*

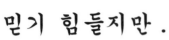

믿기 힘들지만.

mit-kki him-deul-jji-man.

雖然很難讓人家相信。

同樣地，這裡的句型，我們可以觀察到「믿다 *(mit-tta)*」（相信，動詞）此動詞名詞化，變成「믿기 *(mit-kki)*」（信任，名詞），看來動詞名詞化這個文法時常在韓國人的日常生活中用到吧？

而這句話，就是用來表達，「雖然很難讓我、人家相信…」的意思，如底下句子：

가 : 믿기 힘들지만 믿을 게 .

　　mit-kki him-deul-jji-man mi-deul kke.

　　雖然很難讓我相信，但是我還是選擇相信你。

가 : 어제 도서관에 공부하러 갔다고 한 말을 믿기 힘들지만 시험 잘
　　보기 바래 .

　　eo-je do-seo-gwa-ne gong-bu-ha-reo gat-tta-go han ma-reul mit-kki him-deul-jji-man si-heom

　　jal ppo-gi ba-rae.

　　雖然我很難相信你昨天去圖書館唸書，但是還是祝你考試順利喔。

그냥 하는 거야.
geu-nyang ha-neun geo-ya.

普普通通、就這樣
（在做某件事）。

不知道學員知道，「研究所學生」（대학원생 *dae-ha-gwon-saeng*）最討厭人家問的「問題」（질문 *jil-mun*）是什麼？沒錯，就是被問到：「論文寫得怎麼樣？何時才能畢業啊？」等問題。而這時候，對於畢業論文、日期還沒有把握時，就可以用主句來回答之，表示：「就普普通通、這樣子」，如底下例子：

가 : 요즘 공부 잘돼？
　　yo-jeum gong-bu jal-ttwae?
　　最近書念得還好吧？

나 : 글쎄. 그냥 하는 거야.
　　geul-sse. geu-nyang ha-neun geo-ya.
　　嗯，就這樣子。

同樣地，這句話也可以問人家「工作狀況」順利與否喔。

조금 더 버티자 .

jo-geum deo beo-ti-ja.

再稍微撐一下吧。

語脈分析

朋友遇到難關，我想這句話一定會派上用場的，就是鼓勵朋友：「稍微再撐一下」、「再忍耐一下吧」，如底下的例句：

가 : 우리 조금 더 버티자 . 꼭 좋은 결과가 나올 거야 .
　　u-ri jo-geum deo beo-ti-ja. kkok jo-eun gyeol-gwa-ga na-ol geo-ya.
　　我們再稍微撐一下吧，一定會有好結果的。

同樣地，鼓勵對方、要幫對方打氣的「加油」用語，我想大家應該都很熟悉了吧？也就是底下的五句話：

가 : 화이팅 .　*hwa-i-ting.*

나 : 파이팅 .　*pa-i-ting.*

다 : 기운 내 .　*gi-un nae.*

라 : 힘 내자 .　*him nae-ja.*

마 : 잘해라 .　*jal-hae-ra.*

네 마음 다 알아 .

ne ma-eum da a-ra.

我全瞭解你的心情、
我都知道你在想什麼。

主句都可用在正面、負面狀況的語境下，如我們瞭解對方的善意，雖然對方沒有用言語表達出來，或者是當我們拆穿對方的伎倆、壞心腸時，都可以用這句話言之，也就是：「我都瞭解你的心意」、「我都知道你在打什麼主意」意思，如底下例句：

가 : 말을 안 해도 돼 . 네 마음 나는 다 알아요 .
　　ma-reul an hae-do dwae. ne ma-eum na-neun da a-ra-yo.
　　你不說也行，你的心情我全部瞭解。

而主句中，所用到的副詞「다」（全部），也可以用有著漢字「充分 --」的相同意思的「충분히 *(chung-bun-hi)*」（充分地、十足地）一詞來取代之，形成底下相同意思的句型：

가 : 네 마음을 충분히 알아 .
　　ne ma-eu-meul chung-bun-hi a-ra.

우리 거래 할래?

u-ri geo-rae hal-lae?

我們來做個交易吧？
這樣子（的條件）好不好？

語脈分析

母語中文者因為懂漢字，所以在學習具有漢字的韓語或者是日文顯得是比較輕鬆，但是在這裡筆者還是要提醒大家，可千萬不要望文生義喔，如主句中，有著漢字「去來--」（거래 geo-rae），但可不是物理位置的來來去去的移動，反而是「交易」、「商量」等等意思喔，除了可以用在商場上之外，也可以用在平常與朋友交往、商量事情上喔，有個「我們各退一步、來做個交易」、「這樣的條件好不好？」等意。

而在與朋友交談中，常用到的句子還有：「不然我們來打賭看看？」

가 : 우리 내기 할까?

u-ri nae-gi hal-kka?

마음에 안 들긴 .
ma-eu-me an deul-kkin.

我怎麼會不喜歡呢？
很喜歡啊。

語脈分析

我們之前學過，贊同某人的提議，或者是表達「喜歡」、「好」以及「符合我的心意」的意思，有著底下的說法：

가：마음에 들어 .
　　ma-eu-me deu-reo.

나：좋아 .
　　jo-a.

而主句，看似跟上方對話第一句很相近，其實是用了「雙重否定」的句型，也就是加上「不」（안）否定型之外，在動詞語幹上加上「기는（요）」（但在半語的口語上，去掉「요」，且簡寫助詞，形成：「긴」），來表示：「我怎麼會不喜歡呢？」（what do you mean…?）意思，如底下例句：

가：점심 먹었니 ? 你吃過中餐了嗎？
　　jeom-sim meo-geon-ni?

나：먹긴 . 아직 30[삼십]분은 더 기다려야 해 .
　　meok-kkin. a-jik sam-sip-ppu-neun deo gi-da-ryeo-ya hae.
　　吃中餐？我還要再等上三十分鐘才能吃飯呢。

가：이 가방 싸지 . 這包包很便宜吧？
　　i ga-bang ssa-ji.

나：싸긴 . 500[오백]만원짜리인데 . 便宜？一個要五百萬韓元呢。
　　ssa-gin. o-baeng-ma-nwon-jja-ri-in-de.

그렇게 중요해?
geu-reo-ke jung-yo-hae?

（此事物人對你）有那麼重要嗎？

學員有沒有珍貴收藏的禮物呢？第一次收到男朋友送的「戒指」(반지 *ban-ji*)？或者是第一次得獎的「獎狀」(상장 *sang-jang*)？或者是 18 歲生日爸媽送的「摩托車」(오토바이 *o-to-ba-i*)？…等等，我想這些東西對我們來說都是很重要、珍貴的。而主句有著漢字「重要 --」(중요 *jung-yo*) 一詞，用來詢問對方：「（這東西、人對你來說）有那麼重要嗎？」意義。如底下一例：

가 : 그 반지 그렇게 중요해?
geu ban-ji geu-reo-ke jung-yo-hae?
這戒指有那麼重要嗎？

나 : 응, 중요해. 우리 엄마한테서 받았어.
eung, jung-yo-hae. u-ri eom-ma-han-te-seo ba-da-sseo.
嗯，很寶貴的，從我媽媽那邊收到的戒指。

괜히 물어봤어 .

gwaen-hi mu-reo-bwa-sseo.

我白問了、
早知道我就不問了。

主句表達出來的意思為：「我白問了」、「早知道我就不問了」等意思，有
點「後悔的」（후회하다 *hu-hoe-ha-da*）語氣存在。而主要是在主句中，我們
看到「괜히 *(gwaen-hi)*」這一個副詞存在，有著「不值得」（in vain）的意思
存在。如底下一例：

가 : 괜히 물어봤어 . 둘이 헤어진 줄 몰랐어 .
　　gwaen-hi mu-reo-bwa-sseo. du-ri he-eo-jin jul mol-la-sseo.
　　早知道我就不問了，我不知道兩個人已經分手。

나 : 경덕의 말이 맞군 . 괜히 물어봤어 .
　　gyeong-deo-gui ma-ri mat-kkun. gwaen-hi mu-reo-bwa-sseo.
　　我就知道慶德的話是對的，早知道我就不問了。

큰일 날 뻔했어요.
keu-nil nal ppeon-hae-sseo-yo.

差一點點就出事了。
（敬語）

語脈分析

這一句話可以教導學員一個文法，即表達「差一點就（發生某種狀況）」的文法：端看所搭配的動詞語幹有無收尾音否，若有收尾音動詞＋－－을 뻔하다、無收尾音動詞單詞＋－－ㄹ 뻔하다.

如這句話「큰일 *(keu-nil)*」為「大事情」、「不好的事情」，而後方動詞「나다 *(na-da)*」（產生、發生）一動詞，因為無收尾音，所以加「－－ㄹ 뻔하다」，變成：

가：큰일 날 뻔했어요. 差一點就出事情了。
　　keu-nil nal ppeon-hae-sseo-yo.

又如底下一例：

가：교통사고 날 뻔했어요. 差一點就出車禍了。
　　gyo-tong-sa-go nal ppeon-hae-sseo-yo.

而此句型因為多用來表達過去發生的事情，所以後方動詞語尾變化，多用過去式。

又如同夏天、冬天，我們在表達天氣的酷熱、炎熱以及寒冷、酷寒，也可以用這個句子來表達，如底下例子。

가：이번 여름에 더워 죽을 뻔했어요. 今年夏天，我差一點就熱死了。
　　i-beon yeo-reu-me deo-wo ju-geul ppeon-hae-sseo-yo.

나：이번 겨울에 추워 죽을 뻔했어요. 今年冬天，我差一點就冷死了。
　　i-beon gyeo-u-re chu-wo ju-geul ppeon-hae-sseo-yo.

最後補充的是，此文法常常與表達：「差一點」（almost）的「하마터면 *(ha-ma-teo-myeon)*」副詞搭配，來強調之。

如底下例句：

가：고속 도로 위에 화물이 떨어져서 하마터면 대형 교통사고가 날 뻔했다 .

go-sok do-ro wi-e hwa-mu-ri tteo-reo-jeo-seo ha-ma-teo-myeon dae-hyeong gyo-tong-sa-go-

ga nal ppeon-haet-tta.

高速公路上面，突然有東西貨物掉落，差一點就造成大型意外車禍
發生。

안녕하지 못해요 .
an-nyeong-ha-ji mo-tae-yo.

我過得不好、不順。
（敬語）

我想大家學習韓語，一定朗朗上口的是：「안녕하세요 . *(an-nyeong-ha-se-yo.)*」
（您好。），但是萬一真的最近狀況不順，要怎麼說呢？也就是採取否定型
的說法：「我最近過的不順、不好」的此主句型：

가：안녕하세요 . 您好。

an-nyeong-ha-se-yo.

나：안녕하지 못해요 . 이번에 시험 또 떨어졌어요 .

an-nyeong-ha-ji mo-tae-yo. i-beo-ne si-heom tto tteo-reo-jeo-sseo-yo.

我不好，這次考試又沒通過了。

빈말 안 하거든요.
bin-mal an ha-geo-deu-nyo.

我一定說到做到、我才不會只說空話。（敬語）

我想沒有人喜歡只會說，而不會親自動手做事的人吧？而主句就在表達「我才不會說空話」、「我一定說到做到」等意思，換句話說，就是會把所言之語，付諸行動加以實現之。而這裡的「빈말 *(bin-mal)*」（空話）也可以相同意思「헛소리. *(heot-sso-ri.)*」一詞來替代之。

而這裡要補充一個語尾文法給大家，就是「－－거든요 *(geo-deu-nyo)*」的用法，而此文法常見的用法有三：

1. 對方不知道事情的理由、緣由時，用來陳述之，表示因果關係。如底下例句：

　가：저는 요즘 시험을 준비하거든요. 바빴어요. 지난 번 모임에 못 가서 미안했어요.
　　jeo-neun yo-jeum si-heo-meul jjun-bi-ha-geo-deu-nyo. ba-ppa-sseo-yo. ji-nan beon mo-i-me
　　mot ga-seo mi-an-hae-sseo-yo.
　　我最近因為準備考試很忙，上次沒去參加聚會，真不好意思啊。

2. 有點反駁對方的言語、口吻比較強硬之。如底下例句：

　가：가기 싫거든 집에 있어라.
　　ga-gi sil-keo-deun ji-be i-sseo-ra.
　　你不想去的話，就在家裡啊。

나 : 비가 그치거든 출발합시다 .

bi-ga geu-chi-geo-deun chul-bal-hap-ssi-da.

現在雨停了，我們該出發了。

3. 作為對話的開場白，來引入其他話題之。如底下例句：

가 : 저기 저 건물 새로운 식당 있거든 . 너 가 봤어 ?

jeo-gi jeo geon-mul sae-ro-un sik-ttang it-kkeo-deun. neo ga bwa-sseo?

那邊那個建築物是新的餐廳說，你有去過嗎？

而回到主句，言及：「我一定說到做到」，就符合「-- 거든요 *(geo-deu-nyo)*」的第二點用法喔。

말이 좀 지나치네 .
ma-ri jom ji-na-chi-ne.

你話說的太過份了、
話說的太超過了。

我們在之前有學習過，指責對方「講話講太超過」，可說成底下例句：

가 : 말이 좀 심해 .

ma-ri jom sim-hae.

나 : 말이 좀 너무해 .

ma-ri jom neo-mu-hae.

다 : 말이 좀 오버해 .

ma-ri jom o-beo-hae.

而這裡的主句，也與上方三個句型都是同樣意思的句型喔。

이제 살 것 같네요.

i-je sal kkeot gan-ne-yo.

現在才好一點、現在才恢復精神啊。（敬語）

 語脈分析

頂著氣溫 36 度的大熱天，行走多時，我想當前方出現飲料店，買到冰冰涼涼的「珍珠奶茶」（버블티 *beo-beul-ti*），大口暢飲，這時一定會讓大家想用這句話來表達此刻心情，就是「現在好像才活過來（差一點就熱死、撐不住了）」。

얼굴에 다 써 있는데.

eol-gu-re da sseo in-neun-de .

你的臉上都寫著呢。

 語脈分析

有些人喜怒哀樂不流於臉色，但是相反地，有些人則是把所有感受都表現在臉上呢，而針對後者，我們可以藉由對方的臉部表情即可輕易猜出對方的想法、狀態時，這時候就可以用到這句話了，「全寫在臉上（還說沒有？）」、「你的臉上都告訴著我（某狀態）」。如底下例子：

가：배 고프지? 얼굴에 다 써 있는데.

　　bae go-peu-ji? eol-gu-re da sseo in-neun-de.

　　肚子餓了吧？臉上都寫著（好餓啊）。

제발 좀 그만해요.
je-bal jjom geu-man-hae-yo.

拜託你不要再做了（停止某動作）。（敬語）

語脈分析

「제발 *(je-bal)*」為一強調副詞，表示「拜託」、「務必」，後面加上我們已經學過的，要求對方不要再繼續某動作、行為，或者是如同語言，不要再碎碎唸等等要求。

찍어, 네 전화번호.
jji-geo, ne jeon-hwa-beon-ho.

（拿手機給對方）輸入吧，給我你的電話吧。

語脈分析

我想大家在「韓劇」(드라마 *deu-ra-ma*) 中常常可以看到，韓國人在詢問對方電話號碼，往往都是把電話直接拿給對方輸入，最主要的理由是因為韓國電話號碼長達 11 個號碼，念起來繞舌，而這樣的方式，可以減少誤聽的可能喔。

而這時候，若要跟對方詢問電話號碼，這句話就會派上用場囉。
當然相同意思的句型還有：

가: 전화번호 알려 줘.

　　jeon-hwa-beon-ho al-lyeo jwo.
　　告訴我你的電話號碼吧。

무소식이 희소식 .

mu-so-si-gi hi-so-sik.

無消息就是好消息、
沒有異狀、狀況發生。

語脈分析

英文：「no news is good news」，中文的：「沒有消息就是好消息」，其實在韓文也有這樣的語境喔，也就是有著漢字的：「無消息—喜消息」的一諺語，用來形容：「平常生活沒有異狀、突發事情，平平順順地進展」一意思，如底下一例：

가 : 요즘 네 아들은 잘 지냈니？

yo-jeum ne a-deu-reun jal jji-naen-ni?

最近你兒子過的好嗎？

나 : 응 . 전화 한 통도 없어 . 무소식이 희소식이다 .

eung. jeon-hwa han tong-do eop-sseo. mu-so-si-gi hi-so-si-gi-da.

嗯，都沒有打過一通電話來說，無消息就是好消息囉。

하나 더 얘기할까?

ha-na deo yae-gi-hal-kka?

除此之外，還有一件事情
要告訴你、要我再說嗎？

 語脈分析

這句話用在表明，除了我之前所說的事情之外，「還有你不知道的事實、真相」，有引出接下來要說的話題重點、重話的開頭語，如同英文：「Need I say more?」意思。見底下一例：

가： 하나 더 얘기할까? 이번 시험은 수학뿐만 아니라 지리과목도 떨어졌거든.

ha-na deo yae-gi-hal-kka? i-beon si-heo-meun su-hak-ppun-man a-ni-ra ji-ri-gwa-mok-tto

tteo-reo-jeot-kkeo-deun.

要我再說嗎？這次考試，你不但是數學不及格，連地理科目也不及格。

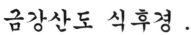

금강산도 식후경.
geum-gang-san-do si-ku-gyeong.

金剛山也是吃完飯之後才看的風景、吃飯皇帝大。

這句諺語常常被韓國人使用，多用來描述，「不管事情再怎麼忙、書多到念不完，也是要先吃完飯有體力才做」，類似中文的：「吃飯皇帝大」、「吃飽了再做事情」等語境。而主句的「金剛山」，被韓國人譽為風景美山，但是若是人沒吃飽飯，怎麼有體力登山看這「飯後景--」（식후경 *si-ku-gyeong*）的美景呢？而引用這樣的意象，大家有沒有覺得很具體吧？

最後，補充給學員的是，有些抽煙的人，習慣在吃完飯之後，來一根飯後煙，快樂似神仙，而這裡的「飯後煙」，也就是有的漢字「食後--」：식후띵. *si-ku-tting.*

상대방 생각 안 해.
sang-dae-bang saeng-gak an hae.

你都不想想對方。

這一句話，有點指責對方「只顧自己，沒有考慮到對方」的意思，句子中，包含著有著漢字的「相對方」（상대방 *sang-dae-bang*，對方），而形成的主句型。我想不論是誰，都不希望聽到這句怨言吧？如底下一例喔，

가：너야말로，자기만 생각해. 상대방 생각 안 해.
neo-ya-mal-lo, ja-gi-man saeng-ga-kae. sang-dae-bang saeng-gak an hae.
你啊，只顧自己，都不想想我（對方）。

갖고 싶은 게 뭔데?

gat-kko si-peun ge mwon-de?

你有想要什麼東西（禮物）嗎？

朋友生日到了，這句話一定會派上用場，也就是「你有想要怎麼樣的禮物嗎？」：

갖고 싶은 선물이 뭔데?

gat-kko si-peun seon-mu-ri mwon-de?

同樣的，若是詢問對方想要什麼東西、或者是是怎麼樣的「條件」（조건 *jo-geon*），「What you want?」，此句型也會派上用場喔。

가 : 갖고 싶은 게 있어?

gat-kko si-peun ge i-sseo?

你想要的是什麼？

가 : 갖고 싶은 게 도대체 뭔데?

gat-kko si-peun ge do-dae-che mwon-de?

你想要的東西到底是什麼呢？

153

사랑해, 나보다 더.
sa-rang-hae, na-bo-da deo.

我愛妳，比我自己還愛妳。

我想不管是誰，學什麼外語，第一句學的句型就是「我愛妳」吧？沒錯，除了「我愛妳」之外，這裡筆者教大家更進階版、更甜蜜的：「我愛妳，比我自己還愛妳」（I love you, more than you know.）。呵呵，很甜的一句話吧？除此之外，還有更誇張一點的告白話，即「沒有妳，我活不下去」：

가 : 너 없으면 못 살아.
　　neo eop-sseu-myeon mot sa-ra.

而這裡可以教導各位學員的文法是「보다 *(bo-da)*」（比起…）比較句型，也就是把「보다 *(bo-da)*」此一助詞，搭配在名詞後方，成為比較的對象，而後方多加上表示強調的「더 *(deo)*」（多、更）、「훨씬 *(hwol-ssin)*」（甚）的副詞，來加強語氣。如底下例子：

가 : 남동생보다 내가 키가 더 커.
　　nam-dong-saeng-bo-da nae-ga ki-ga deo keo.
　　我比弟弟高。

가 : 대만보다 한국이 훨씬 추워.
　　dae-man-bo-da han-gu-gi hwol-ssin chu-wo.
　　韓國比台灣更冷。

가 : 사랑해, 네가 생각하는 것보다 더 많이 사랑해.
　　sa-rang-hae, ne-ga saeng-ga-ka-neun geot-ppo-da deo ma-ni sa-rang-hae.
　　我愛妳，比妳想像地還愛妳。

最後，補充給學員的是，在釜山地區，方言表達「我愛妳」的說法，就比較直接囉，翻成中文就是：「幫我生個小孩吧」，很有趣吧？即：

가 : 내 아기를 낳아줘.

nae a-gi-reul na-a-jwo.

미안해서 그렇지. 　　因為抱歉才這樣子。

mi-an-hae-seo geu-reo-chi.

語脈分析

不知道大家跟朋友「吵架」（싸우다 *ssa-u-da*）之後，都是怎麼道歉、解除尷尬場面的呢？是請朋友吃美食，還是買個小「禮物」（선물 *seon-mul*）給對方呢？而韓國人應該就是喝酒吧！哈。

若是對方還搞不懂狀況，怎麼會平白無故收到禮物，或者被我們請喝一杯的話，就可以用這句話來表達我們愧疚的心態：「因為抱歉才這樣子（補償你的）」。

155

사람 잘 만나야 지 .

sa-ram jal man-na-ya ji.

朋友要好好交啊。

筆者一直認為，「物以類聚」，所以身邊交往的「朋友」特顯重要。同樣地，這一句話就在勸告他人「朋友要好好交」，如同《論語》<季氏>篇所說：子曰：「益者三友，損者三友；友直、友諒、友多聞，益矣；友便辟、友善柔、友便佞，損矣。」。而主句就是表示：「朋友要好好交往」、「挑好的朋友交往」等意思。

除此之外，而這句話，若是把「人」（사람 *sa-ram*）轉變成「男生」（남자 *nam-ja*）、「女生」（여자 *yeo-ja*），就有特別強調勸告朋友，「情人要好好挑，（不要專找一些奇奇怪怪的人交往）」此意喔，如底下：

가 : 남자 잘 만나야 지 .

　　nam-ja jal man-na-ya ji.

　　男生（男朋友）要好好挑。

가 : 여자 잘 만나야 지 .

　　yeo-ja jal man-na-ya ji.

　　女生（女朋友）要找好的交往。

못하는 게 뭐예요?
mo-ta-neun ge mwo-ye-yo?

你有什麼不會的呢？
（敬語）

語脈分析

這句話，常常出現在韓國女生「稱讚」（칭찬 *ching-chan*,[稱讚 --], praise）多才多藝哥哥、男朋友時的讚嘆語，也就是「到底你有什麼不會的呢？」、「你為什麼這麼多才多藝呢？」：

가：오빠，못하는 게 뭐예요？

　　o-ppa, mo-ta-neun ge mwo-ye-yo?
　　哥哥，到底你有什麼不會的呢？

相近意思還有：「到底有什麼你不懂的呢？」、「你怎麼這麼聰明？」

가：모르는 게 뭐예요？

　　mo-reu-neun ge mwo-ye-yo?

가：모르는 게 있나요？

　　mo-reu-neun ge in-na-yo?

補充，若是稱讚女生的話，可以借用韓語中四字成語的「팔방미인 *(pal-ppang-mi-in)*」（八方美人）一詞來稱讚之喔。

最後，與主句相反意思的句型則是，「你到底有什麼拿手的？」、「你怎麼什麼都不會啊！」：

가：잘하는 게 뭐냐？

　　jal-ha-neun ge mwo-nya?

그런 소리 하지 마 .

geu-reon so-ri ha-ji ma.

不要說這種話。

老是要講鬼故事嚇人的朋友，或者是老是潑我們冷水的言語，這時候就要用到這句話來表達我們的不滿，即：「不要講那種話」、「不要說那麼不好、不吉利的話」，此句型多用在負面、否定的語氣上。如底下例子：

가 : 공부할 게 왜 그렇게 많아? 내일 바로 시험인데 짜증나 .

gong-bu-hal kke wae geu-reo-ke ma-na? nae-il ba-ro si-heo-min-de jja-jeung-na.

為什麼要唸的東西這麼多啊？明天就要考試了，真煩。

나 : 자꾸 그런 소리 하지 마 , 어서 공부해라 .

ja-kku geu-reon so-ri ha-ji ma, eo-seo gong-bu-hae-ra.

你不要老是說那些話，趕快唸書吧。

가 : 그런 소리 하지 마 , 좋게 생각해라 .

geu-reon so-ri ha-ji ma, jo-ke saeng-ga-kae-ra.

你不要說那種話，積極一點想吧。

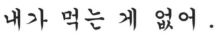

내가 먹는 게 없어 .

nae-ga meong-neun ge eop-sseo.

我沒有暗槓、
我沒有拿回扣。

語脈分析

最近很多人來到韓國批貨買衣服，但是其實韓國的衣服，尤其是宣稱韓國製造、設計，其實一件衣服也要台幣兩千多塊才算是正常價位，但是若是朋友真的拜託我們帶「純」韓貨回去的話，被嫌價格貴，我們又是明明「沒有收什麼代購費」、「沒有暗槓」的話，就可以用這句話來表示自己的清白，來表示自己沒有「吃」掉什麼（東西）費用、「拿什麼回扣」等意思。

내가 할만큼 했어 .

nae-ga hal-man-keum hae-sseo.

我能做的、
幫到忙的都做了。

語脈分析

不知道什麼時候會讓人感到無力，而對於還感受不到我們誠意、真心的他人說出這樣沮喪的話語呢？即：「我能做的、能幫的，都已經做了」，如底下句子：

가 : 내가 할만큼 했어 . 어쩌라고 ?

　　nae-ga hal-man-keum hae-sseo. eo-jjeo-ra-go?

　　我能做的都做了，你還要我怎麼樣？

말을 터놓고 하면 . 　說白一點、簡單地說。
ma-reul teo-no-ko ha-myeon.

「터놓다 *(teo-no-ta)*」為一動詞，意思為：「毫不保留、隱藏，直接地表示」，而這一主句，也就是當要跟朋友吵架時，或者是對方還是執迷不悟堅持己見時，我們就可以以這句話，「說明白一點」、「把話直接講開了」等意思，來告訴對方事實，以及我們的心理真正的想法。如底下例句：

가 : 말을 터놓고 하면 너는 나쁜 사람이야 .
　　　ma-reul teo-no-ko ha-myeon neo-neun na-ppeun sa-ra-mi-ya.
　　　說白一點，你是壞人。

而相近意思的句型，還有：「쉽게 말하면 *(swip-kke mal-ha-myeon)*」（講得簡單一點）一句，如底下一例：

가 : 쉽게 말하면 우리 그만 해 .
　　　swip-kke mal-ha-myeon u-ri geu-man hae.
　　　簡單地說，我們分手吧。

보기에 거슬리다 .

bo-gi-e geo-seul-li-da.

礙眼、看不順眼。

不知道有什麼東西，會讓學員看起來覺得「礙眼」、「看不順眼」的呢？，而主句就是表達此意思囉，同樣的，這裡也用到動詞名詞化的文法，把「보다 (bo-da)」（看，動詞）變成「보기 (bo-gi)」（看起來，名詞）。如底下例句：

가 : 벽에 이상한 그림을 걸어서 보기에 매우 거슬려요 .

　　byeo-ge i-sang-han geu-ri-meul kkeo-reo-seo bo-gi-e mae-u geo-seul-lyeo-yo .

　　牆壁上掛著一張奇怪的畫，真的很礙眼。

而相同意思的句型，還有底下「看起來不舒服」一語：

가 : 눈에 거슬려 .

　　nu-ne geo-seul-lyeo.

남친이랑 깨졌어 .

nam-chi-ni-rang kkae-jeo-sseo.

跟男朋友分手、鬧翻了。

「남친 (nam-chin)」為「남자친구 (nam-ja-chin-gu)」的縮寫，「男朋友」之意；相反地，「여자친구 (yeo-ja-chin-gu)」（女朋友）的縮寫乃為：「여친 (yeo-chin)」，這是在韓國當地年輕人常常用到的縮寫喔；而在主句中的動詞「깨지다 (kkae-ji-da)」為「破碎」、「粉碎」的意思，比起我們之前學過「分手」的動詞：「헤어지다 (he-eo-ji-da)」，更為強調「跟男朋友鬧翻、分手」一意。

처음에는 화가 났는데 .
cheo-eu-me-neun hwa-ga nan-neun-de .

剛開始我很生氣…

語脈分析

人都有生氣的時候，但是筆者建議，氣過就算了，反而要回過頭來想一想，為什麼對方會這樣子做呢？是否有解決問題的方法？這才是最重要的。

同樣地，主句就在表達這樣的情緒，即：「剛開始我很生氣，但…」，如底下例句：

가 : 처음에는 화가 났는데 지금 당신을 이해했어요 .

　　　cheo-eu-me-neun hwa-ga nan-neun-de ji-geum dang-si-neul i-hae-hae-sseo-yo.

　　　剛開始我很生氣，但是，現在我可以理解您（為什麼這麼做了）。

而這裡要補充給各位學員的文法，乃是：「--는데」，這一文法喔，也就是：

韓國語動詞語幹＋-는데；形容詞端看有無收尾音＋（으）ㄴ데；名詞語幹＋인데。

此文法類似中文語感上的「停頓處」，多用來表示「話題內兩主題的相比較」以及「轉折」（表示強調、對比時用的）的意思。

如底下例子：

動詞：

가 : 공원 가는데 같이 갈래요 ?

　　　gong-won ga-neun-de ga-chi gal-lae-yo?

　　　我要去學校，要不要一起去？

形容詞：

가 : 심심한데 영화를 보러 갈까요 ?

　　　sim-sim-han-de yeong-hwa-reul ppo-reo gal-kka-yo?

　　　很無聊說，要不要去看電影啊？

名詞：

> 가 : 여기 도서관인데 떠들지 마세요.
>
> *yeo-gi do-seo-gwa-nin-de tteo-deul-jji ma-se-yo.*
>
> 這裡是圖書館說，請不要吵鬧。

那麼過去式時態要如何搭配此文法呢？很簡單的，也就是把動詞、形容詞語尾變化成「았（었／였）」之後，添加「는데」；而名詞也是變化成「었／였」之後，添加「는데」之。

如下例：

> 가 : 어제는 명절이었는데 나는 바빠서 집에 내려가지 못했어요.
>
> *eo-je-neun myeong-jeo-ri-eon-neun-de na-neun ba-ppa-seo ji-be nae-ryeo-ga-ji mo-tae-sseo-yo.*
>
> 昨天雖然是節慶日，但是我太忙了，無法出門。

而我們在上面也有提到，此句型也有「對比、強調」的意思，如下例：

> 가 : 엄마는 일을 하는데 아빠는 잠을 자요.
>
> *eom-ma-neun i-reul ha-neun-de a-ppa-neun ja-meul jja-yo.*
>
> 媽媽在做事情，可是爸爸都在睡覺。

> 가 : 그 분은 영어는 잘하는데 한국말은 서투릅니다.
>
> *geu bu-neun yeong-eo-neun jal-ha-neun-de han-gung-ma-reun seo-tu-reum-ni-da.*
>
> 這位先生的英文很棒，可是韓國語還是有點生疏。

最後，筆者要補充說明的是，此句型不一定只限制於在句子中當作「轉折語」使用，韓國人也常常使用在句尾的，表示「感嘆」、「客套」等語氣。如下例：

> 가 : 대만이 참 아름다운데요.
>
> *dae-ma-ni cham a-reum-da-un-de-yo.*
>
> 台灣真的很漂亮說。

> 가 : 죄송하지만, 오늘은 시간이 없는데요.
>
> *joe-song-ha-ji-man, o-neu-reun si-ga-ni eom-neun-de-yo.*
>
> 對不起，今天真的沒有空。

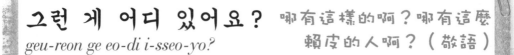

그런 게 어디 있어요?
geu-reon ge eo-di i-sseo-yo?

哪有這樣的啊？哪有這麼賴皮的人啊？（敬語）

明明跟朋友「打賭」（내기 *nae-gi*）好，這次韓國語能力檢定看誰的分數高，低分的人就要請吃「烤肉」（삼겹살 *sam-gyeop-ssal*），但是怎麼知道朋友事後賴皮，還說沒有過這樣的「約定」（약속 *yak-ssok*），這時候，對於這樣賴皮的人，這句話可不能缺席囉，也就是表達：「哪有人這樣子的？」、「哪有這麼賴皮的人啊？」等意思喔。

164

볼수록 더 예쁘네요.

bol-su-rok deo ye-ppeu-ne-yo.

越看越漂亮。
（敬語）

我想這句話一定是韓國女生最愛聽的一句話了，也就是「妳越看越漂亮」的意思囉。而這裡要教導學員文法的是，「越（做某件事情）…就越（造成某結果）」的文法喔，也就是我們在主句看到的，以「看」（보다 bo-da）動詞為中心進行的文法變化，搭配文法也很簡單：即端看動詞語幹是否有無收尾音，若有收尾音者加—을수록；無收尾音者加—ㄹ수록。

就形成「越（做某件事情）…」，而此文法，後方多搭配形容詞來表達某狀態，如底下例字以及例句：

(1) 읽다 *ik-tta*：讀。

소설을 읽을수록 점점 재미있어졌어요.
so-seo-reul il-geul-ssu-rok jeom-jeom jae-mi-i-sseo-jeo-sseo-yo.
小說越念就覺得越有趣。

(2) 배우다 *bae-u-da*：學習。

한국어 문법을 배울수록 점점 어려워지네요.
han-gu-geo mun-beo-beul ppae-ul-su-rok jeom-jeom eo-ryeo-wo-ji-ne-yo.
越學韓文文法就感覺到越困難。

잠깐 나갔다 올게요． 我出去一下馬上回來。
jam-kkan na-gat-tta ol-ge-yo. （敬語）

語脈分析

「잠깐 *(jam-kkan)*」為一副詞，如同我們熟悉的句型有：

　가：잠깐만．*jam-kkan-man.* 等一下。

而也等同由漢字「暫時 --」引申出來的：

　가：잠시만요．*jam-si-ma-nyo.* 等一會。

而這句話也就是表達：「我出門一下，馬上就回來」、「I'll be back soon.」，短暫出門的意思喔。

머리부터 발끝까지． 從頭到腳。
meo-ri-bu-teo bal-kkeut-kka-ji.

語脈分析

韓國歐巴最喜歡聽到韓國女生這樣稱讚他了，即：

　가：보빈아，오빠 뭐가 좋아？寶殯啊，妳喜歡哥哥哪裡？
　　　bo-bi-na, o-ppa mwo-ga jo-a?

　나：머리부터 발끝까지 다 좋아．오빠．
　　　meo-ri-bu-teo bal-kkeut-kka-ji da jo-a. o-ppa.
　　　哥哥，我完全喜歡你，從頭到腳！

哈，所以主句所表達的就是：從「頭」（머리 *meo-ri*）到「腳」（발 *bal*）、「全身」以及「全部」的意思喔。

맛있게 먹었습니다.

ma-sit-kke meo-geot-sseum-ni-da.

我吃飽了、謝謝招待。
（敬語）

日常生活中，我們常用到的句型，即在用完餐之後，跟招待的朋友、主人道謝：「我吃飽了」、「謝謝招待」的意思，而之前我們學過可以用：

가 : 잘 먹었습니다.

jal meo-geot-sseum-ni-da.

我吃飽了。

這一句型之外，在這裡，我們在前方添加上副詞「맛있게 *(ma-sit-kke)*」（香噴噴地、津津有味地）來表達吃過這一餐囉。

補充一句，若是朋友要出外吃飯，或者是動筷子用餐時，我們也可以跟他說：

가 : 맛있게 드세요.

ma-sit-kke deu-se-yo.

好好地享用吧、好好地吃頓飯吧。

同樣也是有著「맛있게 *(ma-sit-kke)*」此一副詞喔。

받아들이기 어려워.
ba-da-deu-ri-gi eo-ryeo-wo.

我難以接受（你的建議）。

語脈分析

這裡又是一個「動詞名詞化」的句型，「받아들이다 *(ba-da-deu-ri-da)*」（接受）動詞轉變成名詞「받아들이기 *(ba-da-deu-ri-gi)*」。

此句型多用對方提出來的「建議」（제안 *je-an*）、要求，因為太難以實行，或者是太過份，這時候，我們就可以用這句話來說明：「我難以接受（你的話）」。

而這裡，要提醒學員的是，主句的形容詞：「어렵다. *(eo-ryeop-tta.)*」（困難的），為「ㅂ」的不規則變化，而這裡的「ㅂ」不規則變化又是如何？如底下所示：

「ㅂ」不規則變化：在韓國語動詞單詞中「ㅂ」不規則變化比較少，反倒是在形容詞中比較常見之。而在動詞單詞語幹收尾音為是「ㅂ」時，所產生的不規則變化，共有三種變化方式，分述如下：

第一種狀況是「ㅂ」收尾音的單詞，在結合「아/어요」時，先把「ㅂ」變化成：「우」，之後加上語尾變化。如：굽다（烤）一詞，先把「ㅂ」先換成「우」，之後，再搭配「어요」，而形成：구워요.

第二種狀況，為少數的不規則變化。即「ㅂ」，變化成「오」之後，再加上語尾變化「아오」而成。在基本的動詞中，筆者也建議學員只要學習以下，列舉到的單詞即可。分別是：

돕다 *dop-tta*（幫忙）和곱다 *gop-tta*（漂亮的）兩詞。

說明為，我們可以看出「돕다 *(dop-tta)*」（幫忙）語尾是屬於「ㅂ」不規則變化，而變化規則乃是先把「ㅂ」變化成「오」，之後，再搭配語尾變化「아오」，而變成：「도와요」。

相同的，「곱다 (gop-tta)」（漂亮的）一詞，也是依循上面的變化方式，變化成：「고와요」。

第三種「ㅂ」的規則變化：代表性動詞有：뽑다 ppop-tta（拔）、집다 jip-tta（夾）、잡다 jap-tta（抓）以及입다 ip-tta（穿）等等。

這些動詞都不進行上述兩種變化，而仍是保留收尾音「ㅂ」，分別加上正確的語尾變化即可，如下例：

「뽑다 (ppop-tta)」（拔）一詞，保留收尾音「ㅂ」，加上正確的語尾變化（母音是ㅗ，所以 +「아요」）而變化成：「뽑아요」；

同理，上面的其餘三個例字，分別變化成：「집어요.」、「잡아요.」以及「입어요.」[7]。

註解

7. 我們在前面，論述到韓國語的不規則變化有七種，即 --「ㄹ」、「으」、「ㄷ」、「ㅂ」、「ㅅ」、「르」以及「ㅎ」七種，但是因為此書設計，筆者只能介紹到前面六種，唯獨缺少了最後一個「ㅎ」的不規則變化。但為保學員們學習的整體性，筆者以註腳方式來介紹最後的「ㅎ」不規則變化，補齊這裡的說明。即「ㅎ」的不規則變化說明如下：

「ㅎ」的不規則變化：韓國語動詞單詞，若收尾音為「ㅎ」，有三種變化狀況，分別是：

第一種狀況，

收尾音是「ㅎ」，遇到母音或者「으」時，「ㅎ」會先脫落，而後附加上語尾變化。如，我們舉「顏色」為例，
빨갛다(紅)＋은(形容詞冠形詞文法)＋색(顏色)➡「빨간 색」(紅的顏色;紅色)
노랗다(黃)＋은(形容詞冠形詞文法)＋색(顏色)➡「노란 색」(黃的顏色;黃色)。

第二種狀況，

同樣收尾音是「ㅎ」不規則變化的例字，遇到「‐아/(여)요」語尾變化結合時，「ㅎ」會脫落，變成「애」。如：「어떻다 (怎麼樣?)」＋아/어(여)요」，變成「어때요」。

第三種狀況，

同樣是以「ㅎ」收尾音的單字，但是屬於規則變化單詞，「ㅎ」保留，直接加上語尾變化，如：「넣다（放入、加入）」、「놓다（擺置、安裝）」等例字，變化方式如下：

넣다：넣 + 아（어／여）요，變成「넣어요」；

놓다：놓 + 아（어／여）요，變成「놓아요」。

以下是筆者整理出「ㅎ」的動詞不規則變化，作一圖表，方便學習者學習。

ㅎ不規則變化表：

動詞例字	中文意思	－ㅂ／습니다.	－아（어／여）요.	－(으)ㄹ까요？	ㄴ／은
어떻다	怎麼樣	어떻습니다.	어때요.	어떨까요？	어떤 색 (色)
파랗다	藍	파랗습니다.	파래요.	파랄까요？	파란 색
빨갛다	紅	빨갛습니다.	빨개요.	빨갈까요？	빨간 색
노랗다	黃	노랗습니다.	노래요.	노랄까요？	노란 색
하얗다	白	하얗습니다.	하얘요.	하얄까요？	하얀 색
까맣다	烏黑的	까맣습니다.	까매요.	까말까요？	까만색
그렇다	那樣的	그렇습니다.	그래요.	그럴까요？	그런 건 (東西)
이렇다	這樣的	이렇습니다.	이래요.	이럴까요？	이런 건
저렇다	那樣的	저렇습니다.	저래요.	저럴까요？	저런 건
넣다	放入、加入	넣습니까？	넣어요？	넣을까요？	넣은 건
놓다	擺置、安裝	놓습니까？	놓아요？	놓을까요？	놓은 건

當然，更多更詳細的韓國語不規則變化，敬請參閱後方引申閱讀書目。

너 무슨 짓을 한 거야?

neo mu-seun ji-seul han geo-ya?

你幹了什麼好事？、
做了什麼（壞事）啊？

語脈分析

「짓 *(jit)*」（動作、行為，an act）這個字，雖然類似「일 *(il)*」（事情）的意思，但是大多用在負面的意義上，如「變態的行為」（변태짓 *byeon-tae-jit*）、「壞事」（나쁜짓 *na-ppeun-jit*）等等。而這裡的句型，我們看到「짓」的出現，就可以知道這句話是有點責備他人、興師問罪的意味存在喔，即是問人家：「你到底做了什麼壞事啊？（導致這樣難堪的局面、結果產生）」、「did you what?」。

무슨 일이 생길까봐 .

mu-seun i-ri saeng-gil-kka-bwa.

我擔心怕會發生什麼事情了
、會不會發生什麼事情了。

語脈分析

這一句話除了用在自己的不安感之外，也多用在「擔心對方會不會發生什麼不好的事情」、「I am afraid something must have happened」等意思，如底下例子，男生對女朋友說：

가：시간이 늦어서 혹시 무슨 일이 생길까봐 . 집까지 데려다 줄게 .

    si-ga-ni neu-jeo-seo hok-ssi mu-seun i-ri saeng-gil-kka-bwa. jip-kka-ji de-ryeo-da jul-ge.

    夜深了，我擔心會發生什麼事情，所以陪妳回家。

나：이틀동안 은주가 전화 한 통도 없네 . 무슨 일이 생길까봐 . 걱정돼 .

    i-teul-ttong-an eun-ju-ga jeon-hwa han tong-do eom-ne. mu-seun i-ri saeng-gil-kka-bwa.geok-jjeong-dwae.

    兩天了，銀柱都沒有打電話過來，會不會發生什麼事情了？真令人擔心。

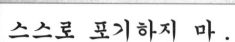

스스로 포기하지 마 .
seu-seu-ro po-gi-ha-ji ma.

你不要自暴自棄、放棄之。

在韓國語中，也有所謂的「四字成語」（사자성어 *sa-ja-seong-eo*），而這一句話，要求對方「不要自暴自棄、放棄」，若是以韓國語中的四字成語來代替之，即為有著與我們相同漢字「自暴自棄 --」：자포자기 . *ja-po-ja-gi.* 一詞。但是，學員們可別認為韓國語的四字成語中漢字，完全等同於我們熟悉的中文字型喔，如底下幾個例子：

中文成語中：「賢妻良母」，相同意思的韓文成語中的漢字則是寫成為：「賢母良妻」（현모양처 *hyeon-mo-yang-cheo*）；

「青梅竹馬」，相同意思的韓文成語中的漢字，則是寫成為「竹馬故友」（죽마고우 *jung-ma-go-u*）；

「筋疲力盡」，相同意思的韓文成語中的漢字，則是寫成「氣盡力絕」（기진맥진 *gi-jin-maek-jjin*）；

「樂極生悲」，相同意思的韓文成語中的漢字，則是寫成「樂極哀生」（낙극애생 *nak-kkeu-gae-saeng*）；

「半途而廢」的中文成語，在相同意思的韓文成語中的漢字，則是寫成：「途中下車」（도중하차 *do-jung-ha-cha*）等等 [8]。

當然，學習韓國語的四字成語，是後來的學習階段，且韓國人多用於在文雅的書面語，或者是廣告標題，但是學員們在此還要有著筆者在上面提到的，韓國語四字成語中的漢字，不完全等同中文成語中漢字成語的大概念。

註解

8. 當然在韓文成語中的漢字，也有完全等同於我們習慣的中文成語的中文漢字，如：「四面楚歌」（사면초가）、「磨拳擦掌」（마권찰장）、「異曲同工」（이곡동공）等等。

너무 뻥이 심하잖아?

neo-mu ppeong-i sim-ha-ja-na?

這不是太明顯
（要搞我）了嗎？

語脈分析

表達「故意地」、「居心不良地」（on purpose）的韓語副詞，為：일부러
il-bu-reo, 고의로 *go-ui-ro*，如底下例子：

가：네가 일부러 그렇게 한 것은 아니야?
　　ne-ga il-bu-reo geu-reo-ke han geo-seun a-ni-ya?
　　妳是不是存心、故意這麼做的？

가：나를 고의로 괴롭혀?
　　na-reul kko-ui-ro goe-ro-pyeo?
　　你是不是故意找我碴、欺負我嗎？

而從這樣的副詞讓我們聯想到，萬一有朋友故意說謊，或者是分明要挖洞給
我們跳，我們就可以用此主句來言之：「你（的意圖）這不是太明顯了嗎？」，
大多用在負面、否定的情況。

말이 된다고 생각해?
ma-ri doen-da-go saeng-ga-kae?.

你認為這像話嗎？
你認為這話有道理嗎？

語脈分析

這一句話有點指責對方「不知好歹」，講出來的話都沒有經過大腦想，或者是要求太過份，這時就可以對他說：「你覺得（你說的事情）這像話嗎？」，類似英文：「What bullshit」的意思，如底下例子：

가：새벽 세시에 모이자고? 야, 말이 된다고 생각해?
　　sae-byeok se-si-e mo-i-ja-go? ya, ma-ri doen-da-go saeng-ga-kae?
　　清晨三點要我們大家集合？喂，你覺得這像話嗎？

가：500[오백]만원짜리 가방을 사 달라고? 야, 말이 된다고 생각해?
　　o-baeng-ma-nwon-jja-ri ga-bang-eul ssa dal-la-go? ya, ma-ri doen-da-go saeng-ga-kae?
　　要我買五百萬的包包給妳？喂，妳覺得這事情有道理嗎？

174

바람 피우면 죽는다.
ba-ram pi-u-myeon jung-neun-da.

你敢偷吃的話，
（被我抓到）死定啊！

這句話算是韓國「情侶」（커플 *keo-peul*）之間常常說的玩笑話，也就是如男方，因有事情必須要前去遠地、遠離女生一陣子，雙方不見面，這時候韓國情侶就會用這句話來叮嚀對方：「你敢偷吃的話，（被我抓到就）死定了！」，如底下俏皮的對話：

가：바람 피우면 죽는다. 你敢偷吃的話，（被我抓到）死定啊！
　　ba-ram pi-u-myeon jung-neun-da.

나：야，너나 잘해. 哼！你自己管好自己就好囉。
　　ya, neo-na jal-hae.

而這裡要補充給學員的一個文法，乃是韓國語的「書面體」（문어체 *mu-neo-che*）寫法，我想在前面，學員有看到，很多句型都是以「-- 다」作結的，這跟我們熟悉的「口頭語」（구어체 *gu-eo-che*）--「非正式型尊敬語」（아（어/여））的句型有點不同，但是其實把「書面體」當作口頭語來說，有屬於半語的一種，如同我們在前面學到的「쌩깐다. *(ssaeng-kkan-da.)*」（裝不熟）、「알면 된다. *(al-myeon doen-da.)*」（你知道就好）以及「땡기다 *(ttaeng-gi-da)*」（想要做某事）等等。

而同樣這一句，「죽는다（죽다）」也是以「다」作結，其實也是把「書面體」應用到「口語」上的表現，屬於半語的一種。

而韓國人又把書面體的寫法，稱為「簡便體」（간편체 *gan-pyeon-che*），也就是在多見於報章、雜誌以及新聞上的寫作手法，因為不知道讀者的身份、年紀以及地位，採取一種不帶感情的書寫法。

那麼這種，「簡便體」的寫法又是如何呢？其實很簡單的，文法以及例子如

底下說明：

(1) 動詞的簡便體寫作文法：

現在式：語幹有收尾音者＋「는다」、無收尾音者＋「ㅡㅡ（ㄴ）다」。

例如

먹다（吃）＋ 는다 ➡ 먹는다 .
meok-tta　　　　 neun-da　 meong-neun-da.

가다（去）＋ ㄴ다 ➡ 간다 .
ga-da　　　　　 n-da　　 gan-da.

過去式：變化成過去式語尾「았 / 었（였）」之後，加上「ㅡㅡ 다」。

例如

먹다（吃）➡ 먹었다 .
meok-tta　　　　 meo-geot-tta.

가다（去）➡ 갔다 .
ga-da　　　　　 gat-tta.

(2) 形容詞的簡便體寫法：

現在式：不論有無收尾音，使用原型（即保留「다」）即可。

例如

작다（小的）➡ 작다 .
jak-tta　　　　　 jak-tta.

예쁘다（漂亮的）➡ 예쁘다 .
ye-ppeu-da　　　　　 ye-ppeu-da.

過去式：變化成過去式語尾「아 / 어（여）」之後，加上「ㅡㅡ 다」。

例如

작다（小的）➡ 작았다 .
jak-tta　　　　　 ja-gat-tta.

예쁘다（漂亮的）➡ 예뻤다.
ye-ppeu-da   *ye-ppeot-tta.*

(3) 名詞的簡便體寫法：

現在式：有收尾音者＋「－－이다」、無收尾音者＋「－－다」；
第二種寫法，也就是不管有無收尾音，為了發音流暢，直接加上「－－이다」[9] 作結。

例如

선생님（老師）＋ －－이다 ➡ 선생님이다.
seon-saeng-nim   *i-da*   *seon-saeng-ni-mi-da.*

가수（歌手）＋ －－다 ➡ 가수다.（或：가수이다）
ga-su   *da*   *ga-su-da.*   *ga-su-i-da*

過去式：變化成過去式語尾「이었 / 였」，加上「－－다」。

例如

선생님（老師）➡ 선생님이었다. 以前是老師。
seon-saeng-nim   *seon-saeng-ni-mi-eot-tta.*

가수（歌手）➡ 가수였다. 以前是歌手。
ga-su   *ga-su-yeot-tta.*

어제는 나의 생일이었다. 昨天是我生日。
eo-je-neun na-ui saeng-i-ri-eot-tta.

이것이 가장 새 것이다. 這是最新的東西。
i-geo-si ga-jang sae geo-si-da.

更詳細有關於「簡便體」的說明，請參閱敝人《簡單快樂韓國語 2》（統一出版社）一書。

註解

9. 「이다」在韓國當地的文法書中，又被稱為「敘述格助詞」（서술격조사），主要是接在名詞後方，把名詞轉變成敘述語功能。

지나가던 개도 웃어 .

ji-na-ga-deon gae-do u-seo.

笑掉人家的大牙、
路旁經過的小狗，
聽到你說的話，都會笑。

不知道學員有沒有聽過什麼讓你覺得「最扯的話」呢？我們當然可以用：

말도 안 되는 소리 .
mal-tto an doe-neun so-ri.
無厘頭的話。

웃겨 .
ut-kkyeo.
好笑！

兩語來表達對方話語的無理性，以及可笑。在這裡，我們更進階學到韓國人常用到的諺語，來表達：「笑掉人家的大牙」、「路旁經過的小狗聽到你說的話，都會笑」，即主句的：

지나가던 개도 웃어 .
ji-na-ga-deon gae-do u-seo.
來表達對方所言十分可笑。

(진작) 일찍 말해야죠.
(jin-jak) il-jjik mal-hae-ya-jyo.

你應該早點說的、
告訴我的。

韓國朋友要去台灣玩,但是花了好大的力氣、拜託了很多人,才買到飛機票,但是如果可以事先詢問,在旅行社認識不少朋友的我們的話,就可以輕易訂到機票了,而這時候主句就會派上用場了,即用來表達:「你應該早點說的、告訴我的,(我好來幫你處理)」意思。如底下例句:

가: 대만에 가는 비행기표를 구하기 어려웠네. 친구 몇명 부탁해서
드디어 구했어.
dae-ma-ne ga-neun bi-haeng-gi-pyo-reul kku-ha-gi eo-ryeo-won-ne. chin-gu myeon-myeong
bu-ta-kae-seo deu-di-eo gu-hae-sseo.
真難買到去台灣的飛機票,我拜託了好幾位朋友,終於買到了。

나: 그래? 진작 일찍 말해야죠. 내가 여행사에 아는 친구가 몇명
있거든.
geu-rae? jin-jak il-jjik mal-hae-ya-jyo. nae-ga yeo-haeng-sa-e a-neun chin-gu-ga myeon-
myeong it-kkeo-deun.
是喔?你應該跟我說的,我有認識一些在旅行社(工作)的朋友說。

말은 그럴 듯하지만. 話是這麼說的沒錯，但是…。
ma-reun geu-reol deu-ta-ji-man.

語脈分析

我們在前方已經學過「‐‐지만 *(ji-man)*」（可是、但是）的用法，也就是不管韓國語動詞、形容詞有無收尾音，直接接上「지만」即可，而也可以用在過去式狀況，如底下例句：

가 : 이 자동차를 사고 싶지만 돈이 부족해.
　　　i ja-dong-cha-reul ssa-go sip-jji-man do-ni bu-jo-kae.
　　　我想買這輛車，但是錢不夠。

나 : 경덕이가 멋있지만 여자 친구가 없네.
　　　gyeong-deo-gi-ga meo-sit-jji-man yeo-ja chin-gu-ga eom-ne.
　　　慶德很帥，但是沒女友說。

다 : 아까 밥을 먹었지만 아직 배 고파.
　　　a-kka ba-beul meo-geot-jji-man a-jik bae go-pa.
　　　剛剛吃過飯了，但是，肚子還是餓。

同樣地，這主句也是搭配到「‐‐지만 *(ji-man)*」，用來表達：「話雖然是這麼說的，但是…」的意思，而藉著此一轉折語，用來強調後方所言之物，如底下例子：

가 : 말은 그럴 듯하지만 좀 심하지 않아?
　　　ma-reun geu-reol deu-ta-ji-man jom sim-ha-ji a-na?
　　　話是這麼說的沒錯，但是（你）會不會說的太嚴重、過份點。

나 : 말은 그럴 듯하지만 실행이 매우 어려워.
　　　ma-reun geu-reol deu-ta-ji-man sil-haeng-i mae-u eo-ryeo-wo.
　　　話是這麼說的沒錯，但是做起來很難。

나가 . 나 혼자 좀 있자 . 你出去吧，我想要一個人（靜一靜）。

na-ga. na hon-ja jom it-jja.

我想誰都會有心情不好的時候，如失戀、考試不順利等等，這時候一定想要一個人好好想一下，不希望有人打擾的時間吧？而主句就會是在表達此意，要對方「你出去吧，我想要一個人靜一靜（想一想）」等意思。如底下例句：

가 : 나가 . 나 혼자 좀 있자 .

na-ga. na hon-ja jom it-jja.

你出去吧，讓我靜一靜。

나 : 그래 . 지금 혼자 두는 게 나 .

geu-rae. ji-geum hon-ja du-neun ge na.

好的，現在你一個人也許比較好。

그렇게 얘기하면 돼 .
geu-reo-ke yae-gi-ha-myeon dwae.

你這麼說就好了；這個理由、解釋不錯。

當有討厭的聚會不想去，或者是犯錯時，要找「藉口」（핑게 *ping-gye*）來推卸責任時，不知道大家會想到怎麼樣的理由呢？而若是找出來的理由「合理」的話，我想一定會得到對方的認可，而說出：「你這樣說就好了」、「這個理由、解釋不錯喔」。

가：오늘 모임 정말 가기 싫어 .
　　o-neul mo-im jeong-mal kka-gi si-reo.
　　今天晚上的聚會，我真不想去啊。

나：아버지께서 갑자기 입원하셔서 못간다고 핑계를 대 봐 .
　　a-beo-ji-kke-seo gap-jja-gi i-bwon-ha-syeo-seo mot-kkan-da-go ping-gye-reul ttae bwa .
　　你就說爸爸突然住院當作藉口吧。

다：맞아 . 그렇게 얘기하면 돼 . 똑똑하네 . 너 .
　　ma-ja. geu-reo-ke yae-gi-ha-myeon dwae. ttok-tto-ka-ne.neo.
　　對喔，這樣子說就好囉，你真的太聰明了。

相同意思的主句，還有：「這樣說就行了啊！」一句：

가：그렇게 얘기하면 되잖아 .
　　geu-reo-ke yae-gi-ha-myeon doe-ja-na.

9音1句

그게 맞아. 맞는 말이야. 沒錯，你說的對。

geu-ge ma-ja. man-neun ma-ri-ya.

語脈分析

當朋友說出重點，且又是符合事實、道理的話，我想主句就馬上要派上用場了，表達「沒錯，你說的對！」、「沒錯，這話沒錯！」的意思喔，而我想不管是誰，聽到這樣的回應，一定都會很開心的。

나의 마음이 흔들리다. 我的心、意志動搖、心動了。

na-ui ma-eu-mi heun-deul-li-da.

語脈分析

遇到對方開出的優渥條件，讓人家心動；遠距離戀愛，男朋友不常見面，面對眼前歡欣接送情的「好男生」（훈남 *hun-nam*），任憑意志再怎麼堅強的女生，都會有點動搖、心動。而這句話就在表達這樣的狀況。

무슨 얘긴 지 알겠지요.
mu-seun yae-gin ji al-kket-jji-yo.

你知道我（現在）在說什麼吧？你明白、懂得我說的話吧？（敬語）

主句主要是用來詢問對方，是否有聽懂對談的內容，以及我們所要表示的意思，類似英文的：「Do I make myself clear?」意思。

而同樣意思的句型，還有著簡短句型的「你懂吧？」、「你知道吧？」：

가 : 알아 들었어요?
a-ra deu-reo-sseo-yo?

나 : 알았어요?
a-ra-sseo-yo?

다 : 알았지요.
a-rat-jji-yo.

還有與主句相同意思的句型：

가 : 제가 한 말 잘 알아 들었나요?
je-ga han mal jjal a-ra deu-reon-na-yo?

닮은 게 하나도 없어요.

dal-meun ge ha-na-do eop-sseo-yo.

一點都不像。
（敬語）

 語脈分析

「有其父必有其子」，但是萬一小孩子跟「爸媽」（부모님 *bu-mo-nim*）長的不像，或者是行事風格完全不同，我們要如何表明「你跟他沒有一點相像、共通點」的呢？也就是這句話。

同樣的，萬一我們對一直很自戀的「王子病」（왕자병 *wang-ja-byeong*）、「公主病」(공주병 *gong-ju-byeong*) 的朋友，一直說他跟某明星很像，也可以用這句話來消遣他喔。如底下例句：

가：이봐요. 제가 장동건이랑 닮았지요? 妳看，我跟張東健很像吧？
　　i-bwa-yo. je-ga jang-dong-geo-ni-rang dal-mat-jji-yo?

나：헉? 닮은 게 하나도 없네요. 疑？依我看，一點都不像啊。
　　heok? dal-meun ge ha-na-do eom-ne-yo.

지금 그런 말이 나와?

ji-geum geu-reon ma-ri na-wa?

你還搞不懂狀況？
你怎麼能講這種話呢？

 語脈分析

此句主要是用在責備他人「搞不清楚狀況」，或者是「失言」時，所用之語；比如女朋友騎車摔倒，男朋友不問女朋友傷勢，反而問得是：「摩托車有沒有摔壞？」、「醫療費貴不貴？」…等等「白目」的問題時，這時候就可以用這句話來指責對方，「你真的是搞不懂狀況，怎麼會講出這樣的話？」。

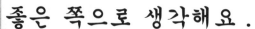

좋은 쪽으로 생각해요.

jo-eun jjo-geu-ro saeng-ga-kae-yo.

往好的方向想，用正面角度想。（敬語）

不知道學員是天性「樂觀的人」（낙관적인 사람 *nak-kkwan-jeo-gin sa-ram*），還是屬於比較「悲觀的人」（비관적인 사람 *bi-gwan-jeo-gin sa-ram*）呢？其實筆者一直認為，與其悶悶不樂、有事情發生擔心過一天，倒不如時常鼓勵自己，更加努力、「積極地」（긍정적으로 *geung-jeong-jeo-geu-ro*）充實自己為重要，所以萬一有什麼壞事情發生的話，換個正面角度想，在錯誤中學習，這樣人生才會快樂囉。而主句就是用來表達「往好的方面、正面角度想」一意，如底下例句：

가：슬퍼하지 말아요. 좋은 쪽으로 생각하세요.

　　seul-peo-ha-ji ma-ra-yo. jo-eun jjo-geu-ro saeng-ga-ka-se-yo.

　　你不要難過了，請往好的方向想吧。

나：매사를 좋은 쪽으로만 생각하는 사람이 어디 있어요?

　　mae-sa-reul jjo-eun jjo-geu-ro-man saeng-ga-ka-neun sa-ra-mi eo-di i-sseo-yo?

　　哪有每件事情都往好的方向想的人存在？

누구나 비밀이 있어요.

nu-gu-na bi-mi-ri i-sseo-yo.

不管是誰，
都會有秘密。

語脈分析

「누구나 *(nu-gu-na)*」為一常用的慣用語，表達「不管是誰」（whoever）的意思，同樣的表達法，還有「不論何時」（whenever）：「不論什麼東西」（whatever）：

如底下例子：

가 : 언제 시간 나면 나랑 같이 한잔 해요.
　　eon-je si-gan na-myeon na-rang ga-chi han-jan hae-yo.
　　不論何時，只要有時間，我們一起喝一杯吧。

가 : 뭘 마셔? 你要喝點什麼?
　　mwol ma-syeo?

나 : 아무거나. 什麼飲料都可以。
　　a-mu-geo-na.

而主句的這句話，裡面有著由漢字「秘密--」引申出來「비밀 *bi-mil*」的句型，就是在表達安慰對方：「人非聖賢孰能無過」、「不管是誰，都會有失誤、失手」的時候。

而相近意思的韓國慣用語，還有：

　　원숭이도 나무에서 떨어진다. 猴子也會有從樹上掉下來的時候。
　　won-sung-i-do na-mu-e-seo tteo-reo-jin-da.

原本很會爬樹的猴子也會有失手，從樹上摔下來的一天，我想不僅僅是人，連猴子也會有「大意失荊州」的時候喔。

아는 거야, 모르는 거야?

a-neun geo-ya, mo-reu-neun geo-ya?

你是知道還是
不知道啊？

當我們不知道對方到底知不知道某件「事實」（사실 *sa-sil*）時，這句話就會派上用場了，用來再次確認詢問對方：「到底是知道還是不知道（某事情）」一事，而這裡還是要請學員注意到，主句的這兩個動詞：「知道」（알다 *al-tta*）以及「不知道」（모르다 *mo-reu-da*），分屬為不規則動詞變化的「ㄹ」以及「르」；忘記此變化規則，別忘記回顧一下前方我們所教的不規則變化說明處喔。

그건 무슨 자신감일까?

geu-geon mu-seun ja-sin-ga-mil-kka?

你怎麼會有這樣的自信心
呢？到底你是哪來的自信
心啊？

不知道大家身邊有沒有這樣的人，總是很「樂觀地」（낙관적으로 *nak-kkwan-jeo-geu-ro*）看待這世界，甚至有點太樂觀，讓人家覺得都想問問他：「你這到底是怎麼樣的自信呢？」、「到底你的自信心是從哪裡來的？」；而主句就是表達這樣的語境，而「자신감 *(ja-sin-gam)*」則是漢字的「自信感 --」（自信心）。

而同樣意思的句型，我們還可以用韓語中的四字成語：「자신만만 *(ja-sin-man-man)*」（自信滿滿 --）來形容之呢。

188

도대체 너의 정체가 뭐니?

到底你是什麼東西啊？
你到底是什麼人啊？

do-dae-che neo-ui jeong-che-ga mwo-ni?

「도대체 *(do-dae-che)*」，漢字為「都大體 --」一副詞，表示「到底、究竟」的意思；而「정체 *(jeong-che)*」為漢字的「正體 --」。這句話多用來，質疑讓人家感到「困惑」、「摸不清底細」的人所質疑之語，意近中文：「到底你是什麼東西啊？（怎麼這麼厲害？、奇怪？）」、「你到底是何方神聖啊？」意思。

내 말은 그 뜻이 아니야.

我說的話可不是這樣意思啊、你誤會我了。

nae ma-reun geu tteu-si a-ni-ya.

不管是誰，都不希望講出來的話被人家誤會吧？而我們之前學過，「你誤會了」的說法為：

가：오해했어. *o-hae-hae-sseo.*

而這裡，我們更進一步來學習到相同意思的句型，即主句：「我說的話可不是這樣的意思」、「你誤會了」。如底下例句：

가：내 말이 그 말이 아니야. 안 가는 게 아니라 내일 간다는 말이야.

nae ma-ri geu ma-ri a-ni-ya. an ga-neun ge a-ni-ra nae-il gan-da-neun ma-ri-ya.

我說的話可不是這個意思啊，我不是說我不去，而是說明天才去。

거짓말도 말이 되게 해.
geo-jin-mal-tto ma-ri doe-ge hae.

要編謊也要編的像樣點。

曾經聽過一個笑話，小明常常蹺課不去上課，今天不去上課而請假的理由則是：「奶奶過逝了」，學校老師半信半疑前去小明家裡，一方面也去關切一下小明的心情，怎麼知道門一打開，是奶奶開門的，學校老師說：「你不是過逝了嗎？」，奶奶情急之下言：「今天是頭七，我回來看孫子小明！」…大家有沒有覺得這樣的請假謊言，很扯啊？沒錯，的確：「要編謊也要編個像樣一點的」：

가 : 거짓말도 말이 되게 해.
geo-jin-mal-tto ma-ri doe-ge hae.

相同意思的句型，若是我們要指責他人，「若是要找藉口，也要找個像樣一點的藉口」，如底下句型：

핑계도 말이 되게 해.
ping-gye-do ma-ri doe-ge hae.

먹는 걸로 장난 치지 마 .
meong-neun geol-lo jang-nan chi-ji ma.

不要拿吃的來開玩笑、
拿吃的東西來亂丟、
浪費。

語脈分析

這句話大多可見於韓國校園，特別是國高中學校，學生中午用餐時間，不好好用餐，反而拿水果，如「蕃茄」（토마토 *to-ma-to*）來丟來丟去嬉鬧，而這時候就可以聽見老師用這句話來叱責學生；以及，若是看到朋友，飯、泡麵吃不到兩口，就不吃要丟掉了，這時就可以用主句來跟他說：「不要拿吃的來開玩笑」、「浪費食物」等等意思。

처음부터 잘못한 거야 .
cheo-eum-bu-teo jal-mo-tan geo-ya.

一開始就做錯了、
一開始就走錯路了。

語脈分析

我想不管是誰，一定都會有「後悔」（후회하다 *hu-hoe-ha-da*）的時候，更慘的是，一開始就走錯路、使用錯方法了。舉個例子來說，筆者經常跟學員說，學習外語最重要的就是開口說、使用基本的文法來造句，而不是一開始就學習生硬的單字、死文法，即使看完整本文法書，一個句子造不出來，真對我們學習外語是沒有幫助的，所以，主句就在表明，如後者學習外語「一開始就走錯路了」等意思喔。

떡볶이 먹으러 가지롱.

tteok-ppo-kki meo-geu-reo ga-ji-rong.

我去吃辣炒年糕呦。

主句的語尾「ㅡㅡ지롱 *(ji-rong)*」很有趣，多為年輕女性在用的撒嬌語氣喔，用中文轉語甚難，筆者能想到的是，在中文語境中，我們在模仿韓國人講話時，特別是不諳韓語者，多會加個「呦」（요 *yo*）表示可愛；或者是台灣女性，也會在講中文時，加上「ㄋ」、「歐」等發語詞，多為無意義、表示親切、撒嬌之意。

繼之，而這樣的語氣，我們之前也有學過，如同在《韓半語—從「好啊」（콜）開始》提到的，韓國女生把「哥哥」（오빠 *o-ppa*）唸成「歐棒」（오빵 *o-ppang*），加上「鼻音」（ㅇ）撒嬌的狀態也有喔。

而這一句話，學員們瞭解字面上意義：「我要去吃辣炒年糕呦」之外，更重要的是要知道其「語感」，即女性撒嬌口吻，男性不常用。

가：자기 , 우리 어디 가? 親愛的，我們要去哪（玩）呢？
　　ja-gi, u-ri eo-di ga?

나：우리 떡볶이 먹으러 가지롱 . 我們去吃辣炒年糕好ㄋ。
　　u-ri tteok-ppo-kki meo-geu-reo ga-ji-rong.

가：배가 불러서 못 먹지롱 . 吃太飽了，再也吃不下歐。
　　bae-ga bul-leo-seo mot meok-jji-rong.

가：오빵 , 내가 새로운 핸드폰 샀지롱 . 哥哥，我買新的手機了喔。
　　o-ppang, nae-ga sae-ro-un haen-deu-pon sat-jji-rong.

10音1句

두 번 실수 다시 안 할게요 .
du beon sil-su da-si an hal-kke-yo.

我不會再犯第二次、
相同的錯誤了。
（敬語）

語脈分析

「다시 *(da-si)*」為一常用副詞，表示「再一次」（again）的意思，而搭配有著漢字「失手 --」（실수 *sil-su*）的句型，用來跟對方表達：「我再也不會犯第二次錯誤」、「我再也不會犯同樣的失誤了」的語境喔，相同的句型還有：

가 : 같은 실수 다시 안 할게요 . 我再也不會犯相同的失誤了。
　　ga-teun sil-su da-si an hal-kke-yo.

갑자기 일이 생겨서 못 가 (만나) .
gap-jja-gi i-ri saeng-gyeo-seo mot ga (man-na).

因為突然有事情
，沒法去了。

語脈分析

主句「갑자기 *(gap-jja-gi)*」為「突然」意思的副詞。嚴格來說，這句話為韓國人常用的「藉口」（핑계 *ping-gye*）之一，也就是明明約好了下午一點見面，韓國人很有可能在 11 點左右傳訊或者打電話過來，用這句話來表明自己：「因為突然有事情，所以沒法去了」。而韓國人大多也不會繼續追究對方，到底是發生什麼問題讓你不能來，大多是很酷的說，那就下次見吧。

所以，大家也一定要學起來這一句，萬一不太想赴約，或者是真的有事情發生，這句話一定會派上用場的，。

相近的句型，還有「因為突然有事，沒法見面了」：

가 : 갑자기 일이 생겨서 못 만나 .
　　gap-jja-gi i-ri saeng-gyeo-seo mot man-na.

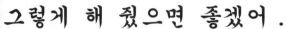

그렇게 해 줬으면 좋겠어 .
geu-reo-ke hae jwo-sseu-myeon jo-ke-sseo.

你能這麼做
那就太好了。

語脈分析

我們在前方已經有學過「--（으）면 좋겠다 . *(--(eu)myeon jo-ket-tta.)*」此一文法，表示「我們希望事情如何發展就好了」等意思，同樣地，這裡主句所要表達的就是「如果某人可以這樣子做的話那就好了」的意思。如底下一例：

가 : 내일 내가 시간 내서 사무실로 찾아 갈게 .

　　nae-il nae-ga si-gan nae-seo sa-mu-sil-lo cha-ja gal-kke.

　　明天我會抽出時間去辦公室找你的。

나 : 그렇게 해 줬으면 좋겠어 .

　　geu-reo-ke hae jwo-sseu-myeon jo-ke-sseo.

　　你能這麼做那就太好了。

이상하게 생각하지 말아 .
i-sang-ha-ge saeng-ga-ka-ji ma-ra.

你別胡思亂想了。

語脈分析

這句話我想大家都很明白使用的語言脈絡狀況了，就是用來在規勸他人「不要胡思亂想」、「不要想東想西的」的意思。如底下例句：

가 : 이상하게 생각하지 말아 . 정신 차려 .

　　i-sang-ha-ge saeng-ga-ka-ji ma-ra. jeong-sin cha-ryeo.

　　你別胡思亂想了，趕快打起精神來吧。

11音1句

궁금한 게 왜 그렇게 많아요?
gung-geum-han ge wae geu-reo-ke ma-na-yo?

為什麼你想知道的東西這麼多啊？你怎麼這麼好奇啊？（敬語）

不知道大家有沒有遇過「好奇心」（호기심 *ho-gi-sim*）特別強的人，總是詢問著我們，「為什麼天空是藍色的？」、「地球到月球有多遠」等等，一萬個為什麼；或者是對於我們日常生活、食衣住等等感到疑問的人，老愛發問的人，這時候，我們就可以用主句來回應這個問題鬼囉，就是「為什麼你想知道的東西這麼多啊？」、「你好奇的東西怎麼這麼多啊？」。

자식을 이기는 부모는 없어.
ja-si-geul i-gi-neun bu-mo-neun eop-sseo.

這世界上沒有贏得了自己小孩子的父母親。

同樣的，這也是一句諺語，比如父母親不管再怎麼反對自己小孩子交往的對象，但是只要小孩子喜歡的對象、配偶，我想多跟家裡「大人」（어르신 *eo-reu-sin*）溝通幾次，畢竟結婚對象是自己小孩所選擇的，父母親還是會同意的，而這個情況下，韓國人就會說用主句來作結：「這世界上，沒有贏得了自己小孩子的父母親」。

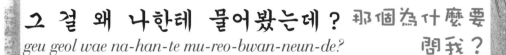

그 걸 왜 나한테 물어봤는데?

geu geol wae na-han-te mu-reo-bwan-neun-de?

那個為什麼要問我？

這句話，我想大家看到中文解釋就很明白了吧？就是反問對方：「那件事情為什麼要問我？」，大有反駁，指責對方把「責任推給、轉嫁」（책임을 떠넘기다 *chae-gi-meul tteo-neom-gi-da*）給我們的意思喔。

듣는 것이 보는 것만 못하다.

deun-neun geo-si bo-neun geon-man mo-ta-da.

百聞不如一見。

我想很多學員透過筆者的韓語學習書籍，多多少少都可以瞭解韓國人的個性、社會風情，但是還是希望學員真的學好韓語之後，一定要親自前往韓國看看這神秘的國度喔。而主句就在表達筆者這裡的心態，「百聞不如一見」，不如親自前往看看喔，如同底下例子：

가：금강산이 아름답다고 많이 들어왔으나 백번 듣는 것이 한 번
　　보는 것만 못하다고 직접 가서 볼 수 있었으면 좋겠다.

　　geum-gang-sa-ni a-reum-dap-tta-go ma-ni deu-reo-wa-sseu-na baek-ppeon deun-neun geo-si

　　han beon bo-neun geon-man mo-ta-da-go jik-jjeop ga-seo bol su i-sseo-sseu-myeon jo-ket-tta.

　　常聽到人家說金剛山多美麗，聽了這種話一百遍了，倒不如能直接
　　去看一次那該有多好啊。

다른 사람이 했어 . 내가 아니라 .

da-reun sa-ra-mi hae-sseo. nae-ga a-ni-ra.

是別人指使的，可不是我啊！

語脈分析

而這句話就是在表達這個情境，也就是「是別人做的，可不是我啊！」
相近意思的句型還有，「是別人指使的，可不是我啊」：

가 : 다른 사람이 시켰어 . 내가 아니라 .
　　da-reun sa-ra-mi si-kyeo-sseo. nae-ga a-ni-ra.

或者是我們道歉時，也會用到的句型，「不是（你所想像）這樣子的，對不起啊！」

가 : 그게 아니라 미안해 .
　　geu-ge a-ni-ra mi-an-hae.

그렇게 생각해 줘서 고마워요.
geu-reo-ke saeng-ga-kae jwo-seo go-ma-wo-yo.

真謝謝你能為我著想。（敬語）

 語脈分析

事出突然，或者是有為難處，朋友可以適時伸出援手，或者是體諒我們的「難處」（사정 sa-jeong），我想不論是誰，都一定會用到這句話道謝的，也就是表達：「真謝謝你能為我著想」、「真謝謝你能體諒我」等意思。相近意思的句型，還有：「真謝謝你體諒我」：

가 : 이해해 줘서 고마워요.

i-hae-hae jwo-seo go-ma-wo-yo.

왜 나를 나쁜 사람으로 만들어?
wae na-reul na-ppeun sa-ra-meu-ro man-deu-reo?

你幹嘛把我說得像壞人。

 語脈分析

在生活周遭，就會有這樣的人，明明不是我們的本意，卻是在言語之中，把我們塑造成一個壞人一般，讓我們扮起「黑臉」來了，而這樣的狀況，我們就可以對這樣裝「白臉」的人說：「你幹嘛把我說得像壞人一般」。

而補充給各位學員的是，如：「你幹嘛把我弄得像傻瓜一樣，好像什麼都不知道，（在狀況外）」的說法，即底下的句子：

가 : 왜 나를 바보로 만들어?

wae na-reul ppa-bo-ro man-deu-reo?

가만 안 둔다고, 앞으로 두고 봐.

ga-man an dun-da-go, a-peu-ro du-go bwa.

我不會輕易罷休，以後走著瞧。

語脈分析

「가만 안 두다. *(ga-man an du-da.)*」，為「我絕對不會放過你」、「走著瞧」的意思；而主句則是再一次強調：「我絕對不會放過你的，以後我們走著瞧！」，大有警告的意味存在喔。

두고 보자는 사람 무섭지 않다．

du-go bo-ja-neun sa-ram mu-seop-jji an-ta.

說走著瞧的人沒有什麼好怕的、會叫的狗不會咬人。

我們在之前，學習過有點「警告」意味的「我們走著瞧」、「你給我小心點」的說法為：「두고 보자 (du-go bo-ja)」

而在這裡，我們要如何回應跟我這樣嗆聲的人呢？也就是：「說走著瞧的人，沒有什麼好怕的」、「會叫的狗不會咬人」意思的諺語，也就是主句，如底下一例：

가：두고 봐！
　　du-go bwa!
　　我們走著瞧！

나：야，두고 보자는 사람 무섭지 않다는 말을 못 들어봤어？
　　ya, du-go bo-ja-neun sa-ram mu-seop-jji an-ta-neun ma-reul mot deu-reo-bwa-sseo?
　　喂，你沒有聽過，會叫的狗不會咬人這句話嗎？

而相近意思的諺語，還有底下：「說以後走著瞧的人沒有什麼好怕的」：

가：나중에 보자는 사람 무섭지 않다．
　　na-jung-e bo-ja-neun sa-ram mu-seop-jji an-ta.

13音1句

무슨 말하는 지 하나도 모르겠어.
mu-seun mal-ha-neun ji ha-na-do mo-reu-ge-sseo.

你到底在說什麼？我一句話都聽不懂。

有些朋友可能因為事發突然，或者是慌張，把事情來由講得零零落落，讓人丈二金剛摸不著頭緒，而這時候就可以用主句來表明我們這時候的狀態：「到底你在說什麼啊？我都聽不懂」。如底下例子：

가 : 그 . . . 그 . . . 사람 . . . 갑자 . . . 죽어 . . . 와 . . .
geu...geu...sa-ram...gap-jja...ju-geo...wa...
那⋯那⋯人 ⋯ 突⋯死

나 : 야 , 침착해 . 지금 무슨 말하는 지 하나도 모르겠어 .
ya, chim-cha-kae. ji-geum mu-seun mal-ha-neun ji ha-na-do mo-reu-ge-sseo.
喂，你冷靜一下啊，你到底在說什麼啊，我一句也聽不懂。

而這句話，也可以用來我們「裝傻」時用，表達：「我不知道你所說的事情」。除此之外，相近意思的句型，還有我們學過的：「你在說什麼啊？」

가 : 무슨 소리야 ?
mu-seun so-ri-ya?

相反意思的句型為：「你說清楚一點」、「講明白讓人家聽懂啊」：

가 : 알아듣게 해 .
a-ra-deut-kke hae.

돈만 있으면 귀신도 부릴 수 있다.

don-man i-sseu-myeon gwi-sin-do bu-ril su it-tta.

有錢能使
鬼推磨。

現今的社會，無庸置疑的是個「資本主義社會」（자본주의사회 *ja-bon-ju-ui-sa-hoe*），很多事情都被金錢所衡量之，所以在韓國當地也就有著如同中文「有錢能使鬼推磨」的：「有錢就能呼喚鬼神」等相近諺語，的確，雖然在這世界上很多東西，幾乎是百分之九十的東西都能用錢買到，但是筆者認為：「好學」（공부하는 마음 *gong-bu-ha-neun ma-eum*）、「健康」（건강 *geon-gang*）、「時間」（시간 *si-gan*）以及「生命」（생명 *saeng-myeong*），這些不可逆的東西，即使有著再多的錢也是無法買到的，所以大家也要保握時間學習喔，即使這世上是個：「有錢能使鬼推磨的世上」（돈만 있으면 귀신도 부릴 수 있는 세상이다. *don-man i-sseu-myeon gwi-sin-do bu-ril su in-neun se-sang-i-da.*）。

눈이 멀어지면 마음도 멀어진다 .

nu-ni meo-reo-ji-myeon ma-eum-do meo-reo-jin-da.

看不到就
不想念了；
眼不見為淨。

語脈分析

在筆者印象中，英文的「out of sight out of mind.」，在中文多翻譯為：「眼不見為淨」，多用在負面事物表達上；但是在韓國當地，這樣的話，多用來男女朋友分手時所說的理由，或者是原因，也就是相隔兩地、日久感情漸淡，「眼睛沒有看到之處，心也漸漸變遠、變淡」，這時候就以分手做結了。相近的語句還有：

가 : 몸이 멀어지면 마음도 멀어진다 .

mo-mi meo-reo-ji-myeon ma-eum-do meo-reo-jin-da.

而這裡的「몸 mom」指得就是「身體」，跟主句一般，以「눈 nun」來指稱具體的事物，因為戀人不在身邊，而感情也就變淡之意。

미안해하지 말고 앞으로 만나지 말자.

mi-an-hae-ha-ji mal-kko a-peu-ro man-na-ji mal-jja.

沒有什麼對不起的，以後我們不要再見了。

語脈分析

呵呵，我想學員們看到這句話的中文解釋，就可以知道這句話使用的狀況了，也就是在韓國情侶分手，或者是朋友狠下心來斷交時，很酷地對對方說，「沒有什麼對不起的事，以後我們不要再見面了」，大有一筆勾消以前的恩怨，以後老死不相往來一意思。

［專文收錄］：基礎韓國語發音規則總整理

國立首爾大學 博士候選人 陳慶德撰

總論：

　　底下筆者根據韓國當地文教部告示第 88-1 號以及 88-2 號（1988.1.19 號公布，分別為韓文的正字法「한글 맞춤법」，以及標準發音法「표준 발음법」）的資料，分別來介紹韓國語的發音規則，當然，這些規則從某個角度而言，顯得有點繁瑣，而筆者在閱讀完上述兩文件之後，從中挑選出幾個在初學韓國語時，學員必須要加以掌握的規則來跟大家分享；再者，初學韓國語的學員也可以把這裡的資料當作參考用，等往後韓文底子功力更上層樓時，再回過頭來看看這裡的基本發音規則。

　　在底下筆者要來依序介紹初級韓國語階段，初學者必須要加以掌握的基本韓國語語音變化，共有連音化（연음화）、破音化（격음화）、硬音化（경음화）、顎音化（구개음화）以及子音同化（자음동화）五大種，舉例分述如下 [1]：

註解

1. 在台灣市面上，筆者閱覽過整理這一方面發音規則比較詳細的是：李昌圭著，黃種德譯，《史上最強韓語文法：各詞性、助詞、文法、發音一次掌握，這輩子只需要這一本獨一無二的超詳細文法書》，台北，國際學村，2011 年。

   但是，可惜譯者似不懂韓國語，直接從日文版本翻譯過來，有些文字顯得比較生硬、難解，總少了點味道。而在筆者參考日文版本：李昌圭, 仕組みがわかる韓國語文法レッスン, 東京, 白帝社，2010。

   繼之，若相對筆者在此參考的韓國當地文教部頒佈告示第 88-1 號以及 88-2 號兩文，此書的講解顯得比較複雜些（但是，可以肯定此書的作者所舉出來的例句、單字具有實用性）。

   但就作為一本基礎的韓國語學習書籍，在這篇附錄文章，筆者盡可能省略其複雜的專有名詞，而採取我們在此書所提到的概念來進行講解，方便讀者理解、閱讀。

㈠ 連音化（연음화, linking）：此現象是因為人體發音器官受到發音急速影響，導致兩個字連讀時，產生連音現象，而在語言學上我們稱作：「連音化」。

一般而言，基本常見的韓國語連音化現象有兩種狀況。分述如下：

1. 單個收尾音的連音現象：當前字具有單個收尾音字型（終聲）時，後方連接的字以「ㅇ、ㅎ」當作初聲時，此收尾音會轉變成後字的初聲來發音，如底下例字：

   외국인（外國人）➡ [외구긴]

   한국어（韓國語）➡ [한구거]

   낮에（白天時）　➡ [나제]

   단어（單字）　➡ [다너]

※ 不發生連音的收尾音的狀態有二：

⑴ 前字收尾音雖為「ㅇ」，但不適用連音法則，如底下例字：

   영어（英文）　➡ [영어]

   강아지（小狗）　➡ [강아지]

⑵ 前字收尾音為「ㅎ」在連接後方以「ㅇ」為初聲的音節字時，「ㅎ」會脫落，而不發生連音現象，如底下例字：

   좋아요 .（好）　➡ [조아요]

   넣어요 .（放入）　➡ [너어요]

※ 次之，「ㅎ」若出現在詞語初聲首位，要照原本的音價發音，如：하마 (河馬)➡ [하마]；但是若出現在母音與母音之間，或是在收尾音（終聲）「ㄴ , ㄹ , ㅁ , ㅇ」之後，因音的強度會減弱，「ㅎ」大多呈現脫落不發音的現象出現（又稱「ㅎ」的弱音化現象），而韓國人本身也有很多不發「ㅎ」的音。

但就資料中所言，標準發音法並不承認此弱音化現象所造成的連音以及脫落現象，如底下例字：

은행（銀行）➡ [으냉]

전화（電話）➡ [저놔]

영화（電影）➡ [영와]

철학（哲學）➡ [처락]

2. 兩個收尾音的連音現象：當前字具有兩個收尾音（終聲）字型時，後方連接的字以「ㅇ」當作初聲時，會連接前字收尾音來發音，如底下例字：

읽어요.（念、閱讀）➡ [일거요]

짧아요.（短的）   ➡ [짤바요]

없어요.（沒有）   ➡ [업서요]

앉아요.（坐）   ➡ [안자요]

※ 若是前字收尾音是「ㄶ , ㅀ」時，連接後方以「ㅇ」當作初聲之字時，前方收尾音右側的「ㅎ」會脫落，以左側的「ㄴ」以及「ㄹ」來進行連音現象，如底下例字：

많아요.（多）   ➡ [마나요]

끓어요.（水滾、沸騰）➡ [끄러요]

次之，若是以「硬音」（ㄲ , ㄸ , ㅃ , ㅆ , ㅉ）當作收尾音時，學員別忘記它們是屬於子音體系，勿視作為兩個字母，而此時只要直接進行連音即可，如底下例字：

밖에（外面的）   ➡ [바께]

있어요.（有）   ➡ [이써요]

㈡破音化（격음화，或「激音化」譯名）：此是人體發音器官，為了方便發音，而在人體器官產生自然的破音現象。變化規則乃是，當「ㅎ」前方或者是後方出現平音的「ㄱ，ㄷ，ㅂ，ㅈ」時，兩者會重合，變成以「ㅋ，ㅌ，ㅍ，ㅊ」發音；值得注意的是，若「ㅎ」搭配前方的「ㅅ，ㅈ，ㅊ，ㅌ」等終聲時，雖然發成「ㄷ」的代表音，但是因為破音化關係，而會再轉發成「ㅌ」之音，如底下例字：

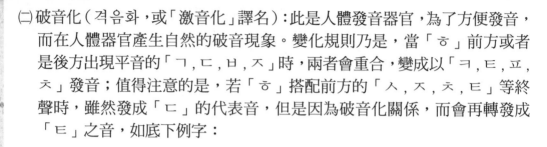

❶ ㄱ + ㅎ ➡ ㅋ： 착하다（乖巧）➡ [차카다]

❷ ㅎ + ㄱ ➡ ㅋ： 낳고（生育）➡ [나코]

❸ ㄷ（ㅅ，ㅊ）+ ㅎ ➡ ㅌ： 몇호（幾號）➡ [며초]

❹ ㅎ + ㄷ ➡ ㅌ： 좋다（好）➡ [조타]

❺ ㅂ + ㅎ ➡ ㅍ： 법학（法學）➡ [버팍]

❻ ㅈ + ㅎ ➡ ㅊ： 맞히다（命中）➡ [마치다]

❼ ㅎ + ㅈ ➡ ㅊ： 그렇지（對吧）➡ [그러치]

※在上面我們看到的是(子音)激音化現象；而坊間有些文法書把這裡(子音)激音化列入為「省略以及脫落」（축약과 탈락）一大範疇之中，後續再介紹「母音的省略」（모음축약）。

但是依筆者看來，「母音的省略」已經牽涉到韓文的文法變化，即韓國語單詞變化成「아／어（여）요」型之後進行的省略或脫落，如底下例字：

오다 .（來）　　　➡（變化成아／어（여）요） 오아요）➡ [와요]

주다 .（給）　　➡ 주어요）　　　➡ [줘요]

마시다 .（喝）　➡ 마시어요）　　➡ [마셔요]

공부하다 .（學習）➡ 공부하여요）　➡ [공부해요]

而在這裡筆者因為著重「發音規則」介紹，故省略因為文法變化而產生的母音省略的發音現象說明。當然，而有興趣的讀者，也請參閱筆者另外幾本韓國語文法書 --《簡單快樂韓國語1、2》(統一出版社)裡的介紹。

㈢ 硬音化（경음화）：「硬音化」發音轉變規則有四種情況，我們先來看前面兩種情況，乃是發生在收尾音為「ㄱ，ㄷ，ㅂ」以及「ㄴ，ㄹ，ㅁ，ㅇ」的韓文字時，遇到後方韓文文字初聲為「ㄱ，ㄷ，ㅂ，ㅅ，ㅈ」時，會轉變成為硬音「ㄲ，ㄸ，ㅃ，ㅆ，ㅉ」來發音。

1. 前方收尾音為「ㄱ，ㄷ，ㅂ」時，遇到後方韓文文字初聲「ㄱ，ㄷ，ㅂ，ㅅ，ㅈ」時，會形成「硬音化」現象，發成「ㄲ，ㄸ，ㅃ，ㅆ，ㅉ」的音，如底下例字：

ㄱ＋ㄱ→ㄱ＋ㄲ：　　학교（學校）⟹［학꾜］

ㄱ＋ㄷ→ㄱ＋ㄸ：　　식당（餐廳）⟹［식땅］

ㄱ＋ㅂ→ㄱ＋ㅃ：　　학비（學費）⟹［학삐］

ㄱ＋ㅅ→ㄱ＋ㅆ：　　학생（學生）⟹［학쌩］

ㄱ＋ㅈ→ㄱ＋ㅉ：　　맥주（啤酒）⟹［맥쭈］

ㄷ＋ㄱ→ㄷ＋ㄲ：　　듣기（聽力）⟹［듣끼］

ㄷ＋ㄷ→ㄷ＋ㄸ：　　듣다（聽）⟹［듣따］

ㅂ，ㅂ＋ㄱ→ㅂ＋ㄲ：입국（入境）⟹［입꾹］

ㅂ，ㅍ＋ㄷ→ㅂ＋ㄸ：잡담（閒聊）⟹［잡땀］

ㅂ，ㅍ＋ㅂ→ㅂ＋ㅃ：잡비（雜費）⟹［집뻬］

ㅂ，ㅍ＋ㅅ→ㅂ＋ㅆ：접시（盤子）⟹［접씨］

ㅂ＋ㅈ→ㅂ＋ㅉ：　　잡지（雜誌）⟹［잡찌］

2. 前方收尾音為「ㄴ，ㄹ，ㅁ，ㅇ」時，遇到後方韓文文字初聲「ㄱ，ㄷ，ㅂ，ㅅ，ㅈ」時，會形成「硬音化」現象，而發成「ㄲ，ㄸ，ㅃ，ㅆ，ㅉ」的音；如底下例字：

ㄴ + ㄱ -> ㄴ + ㄲ：　안과（眼科）　　➡ [안꽈]

ㄴ + ㄷ -> ㄴ + ㄲ：　신다（穿）　　➡ [신따]

ㄴ + ㅂ -> ㄴ + ㅃ：　문법（文法）　　➡ [문뻡]

ㄴ + ㅅ -> ㄴ + ㅆ：　손수건（手帕）　➡ [손쑤건]

ㄴ + ㅈ -> ㄴ + ㅉ：　한자（漢字）　　➡ [한짜]

ㄹ + ㄱ -> ㄹ + ㄲ：　발가락（腳趾頭）➡ [발까락]

ㄹ + ㄷ -> ㄹ + ㄸ：　발달（發達）　　➡ [발딸]

ㄹ + ㅂ -> ㄹ + ㅃ：　달밤（月夜）　　➡ [달빰]

ㄹ + ㅅ -> ㄹ + ㅆ：　실수（失誤）　　➡ [실쑤]

ㄹ + ㅈ -> ㄹ + ㅉ：　글자（文字）　　➡ [글짜]

ㅁ + ㄱ -> ㅁ + ㄲ：　엄격（嚴格）　　➡ [엄껵]

ㅁ + ㄷ -> ㅁ + ㄸ：　젊다（年輕）　　➡ [점따]

ㅁ + ㅂ -> ㅁ + ㅃ：　밤바（夜雨）　　➡ [밤빠]

ㅁ + ㅅ -> ㅁ + ㅆ：　점수（分數）　　➡ [점쑤]

ㅁ + ㅈ -> ㅁ + ㅉ：　밤중（夜裡）　　➡ [밤쭝]

ㅇ + ㄱ -> ㅇ + ㄲ：　평가（評價）　　➡ [평까]

ㅇ + ㄷ -> ㅇ + ㄸ：　용돈（零用錢）　➡ [용뚼]

ㅇ + ㅂ -> ㅇ + ㅃ：　등불（燈火）　　➡ [등뿔]

ㅇ + ㅅ -> ㅇ + ㅆ：　가능성（可能性）➡ [가능썽]

ㅇ + ㅈ -> ㅇ + ㅉ：　장점（優點）　　➡ [장쩜]

※ 但是在這邊要特別提醒學員的是，在上面第二項的連音規則，即：前方收尾音為「ㄴ，ㄹ，ㅁ，ㅇ」時，遇到後方韓文文字初聲為「ㄱ，ㄷ，ㅂ，ㅅ，ㅈ」時，也有不形成「硬音化」現象的狀況，如底下的單字，就屬於特殊狀況，請學員特別注意、學習之。

친구（朋友）➡ [친구]

준비（準備）➡ [준비]

간장（醬油）➡ [간장]

침대（床鋪）➡ [침대]

공기（空氣）➡ [공기]

공부（學習）➡ [공부]

경제（經濟）➡ [경제]

3. 除此之外，第三種「硬音化」現象是出現在以兩個名詞組成複合名詞狀況時，後方名詞的初聲若是「ㄱ，ㄷ，ㅂ，ㅅ，ㅈ」時，因硬音化現象發生，會發成硬音的「ㄲ，ㄸ，ㅃ，ㅆ，ㅉ」等音，如底下例字：

아랫사람（아래＋사람，屬下、後輩）　　➡ [아랟싸람]

햇살（해＋살，陽光）　　　　　　　　➡ [핻쌀]

숫자（수＋자，數字）　　　　　　　　➡ [숟짜]

오랫동안（오래＋동안，好長一段時間）➡ [오랟똥안]

후춧가루（후추＋가루，胡椒粉）　　　➡ [후춛까루]

4. 最後一種硬音現象是發生在冠形詞 --（으）ㄹ文法中，即韓文單詞後
　方遇上初聲「ㄱ,ㄷ,ㅂ,ㅅ,ㅈ」時，就會發生硬音化現象，音就會
　發成「ㄲ,ㄸ,ㅃ,ㅆ,ㅉ」等音，如底下例子：

-（으）ㄹ+ㄱ,ㄷ,ㅂ,ㅅ,ㅈ -（으）ㄹ+[ㄲ,ㄸ,ㅃ,ㅆ,ㅉ]

쓸 거예요 .（寫給你） ➡ [쓸꺼예요]

갈 데가 .（要去的地方） ➡ [갈떼가]

먹을 빵（要吃的麵包） ➡ [먹을빵]

할 수 있어요 .（能做到）➡ [할 쑤 이써요]

할 적에（要做的時候） ➡ [할쩌게]

㈣ 口蓋音化（구개음화，palatalization，又稱「顎（音）化用」）：指子音
為「ㄷ,ㅌ」時，因受到後方以「ㅣ」或者以「ㅣ」為首的複合母音時，
這時候受到後面高元音 i 或 y 的影響，使發音部位自然地頂到硬顎部份，
而使得發音變得和 i 或 y 接近，發成「ㄷ,ㅌ」的音，這就是「顎化作用」。
如底下各個狀況以及例字：

1. 當前字收尾音是「ㄷ」或「ㅌ」，遇到後字為「이」的時候，發音會
   變成「지」或「치」。

   如底下例字：

   ㄷ + 이 ➡ [지]： 굳이（必須要）　　　➡ [구지]

   　　　　　　　　　곧이（照單全收）　　➡ [고지]

   ㅌ + 이 ➡ [치]： 같이（一起）　　　　➡ [가치]

   　　　　　　　　　붙이다（貼上）　　　➡ [부치다]

2. 當前字收尾音是「ㄷ」或「ㅈ」時，遇到後字為「히」，音會變成「치」，
   如底下例字：

   ㄷ + 히 ➡ [치]： 닫히다（被關上）　　➡ [다치다]

   ㅈ + 히 ➡ [치]： 맞히다（射中、說中）➡ [마치다]

㈤ 子音同化（자음동화，或簡單稱之「鼻音化」）：鼻音化的原理乃是因為相鄰的兩個子音互相影響之，發音變化成相似的子音一現象。而子音同化在韓國語中發生的頻率很高，共有兩種狀況，分別有「鼻音化」（비음화）以及「柔音化」（유음화）二種。

首先，我們先來看看「鼻音化」狀況。

1. 非鼻音的「ㄱ，ㅋ，ㄲ；ㄷ，ㅌ；ㄹ；ㅂ，ㅍ；ㅅ，ㅈ，ㅊ」遇到鼻音的「ㄴ，ㅁ」，前者會在後方的影響下，變成以「ㄴ，ㅁ，ㅇ」等鼻音來發音，如底下例字：

ㄱ（ㅋ，ㄲ）+ ㅁ à ㅇ + ㅁ：한국말（韓國話）　　➡ ［한궁말］

ㄱ（ㅋ，ㄲ）+ ㄴ à ㅇ + ㄴ：작년（去年）　　➡ ［장년］

ㄷ（ㅌ，ㅅ，ㅈ，ㅊ）+ ㅁ à ㄴ + ㅁ：꽃무늬（花紋）➡ ［꼰무늬］

ㅂ（ㅍ）+ ㅁ à ㅁ + ㄴ：십년（十年）　　➡ ［심년］

ㅂ（ㅍ）+ ㄴ à ㅁ + ㅁ：합니다（做）　　➡ ［함미다］

2. 鼻音的「ㅁ，ㅇ」出現在「ㄹ」前方時，「ㄹ」便變成鼻音「ㄴ」來發音，如底下例字：

ㅁ + ㄹ　ㅁ + ㄴ：심리（心理）➡ ［심니］

ㅇ + ㄹ　ㅇ + ㄴ：종류（種類）➡ ［종뉴］

3. 「ㄹ」出現在帶有收尾音「ㄱ，ㅂ」後方時，發音變成「ㄴ」之後，連帶也影響到前方「ㄱ，ㅂ」收尾音，發成鼻音的「ㅇ，ㅁ」，如下例字：

ㄱ + ㄹ　ㅇ + ㄴ：독립（獨立）➡ ［동닙］

종류（國力）➡ ［궁녁］

ㅂ + ㄹ　ㅁ + ㄴ：법률（法律）➡ ［범뉼］

협력（協力）➡ ［혐녁］

柔音化：指鼻音「ㄴ」出現在「ㄹ」前方或後方時，受到影響也發為「ㄹ」音，如底下例字：

ㄴ＋ㄹ ㄹ＋ㄹ： 진리（真理） ➡ ［질리］

연락（聯絡） ➡ ［열락］

인류（人類） ➡ ［일류］

관련（關連） ➡ ［괄련］

以及，

ㄹ＋ㄴ ㄹ＋ㄹ： 설날（新年元旦） ➡ ［설랄］

팔년（八年） ➡ ［팔련］

오늘날（今天） ➡ ［오늘랄］

십칠년（十七年） ➡ ［십칠련］

全文終。

韓國羊 & 日本獅跨刀插畫
首爾音 VS. 釜山音、全羅道方言

釜山方言：부산 사투리

(一)

首爾音	釜山音	中文
너 *neo*	니 *ni*	你
응 *eung*	어 *eo*	嗯
왜? *wae?*	와? *wa?*	怎麼了？幹嘛？
눈. *nun.*	눈까리. *nun-kka-ri.*	眼睛。

(二)

首爾音	釜山音	中文
자니? *ja-ni?*	자나? *ja-na?*	睡了嗎？
그래? *geu-rae?*	그랬나? *geu-raen-na?*	是嗎？
좋아? *jo-a?*	좋았나? *jo-an-na?*	喜歡嗎？
싫다. *sil-ta.*	은다. *eun-da.*	不要、討厭。
울다. *ul-da.*	짜다. *jja-da.*	哭了。

제발 . *je-bal.*	쫌 . *jjum.*	拜託、千萬。
여자 . *yeo-ja.*	가스나 . *ga-seu-na.*	女人。
남자 . *nam-ja.*	머스마 . *meo-seu-ma.*	男人。
잘 자 . *jal jja.*	잘자 그레이 . *jal-jja geu-re-i.*	晚安。
맞아 . *ma-ja.*	몰론이지 . 하모하모 . *mol-lo-ni-ji. ha-mo-ha-mo.*	沒錯、當然了。
뭐래 ? *mwo-rae?*	뭐라카노 ? *mwo-ra-ka-no?*	你說什麼？

(三)

首爾音	釜山音	中文
아줌마 . *a-jum-ma.*	아주매 . *a-ju-mae.*	大嬸。
봤어요 ? *bwa-sseo-yo?*	봤는교 ? *bwan-neun-gyo?*	看過了嗎？
어것봐 . *eo-geot-ppwa.*	요바라 . *yo-ba-ra.*	看看這個。
왜 그래 ? *wae geu-rae?*	와 그라노 ? *wa geu-ra-no?*	怎麼了？
사랑해 . *sa-rang-hae.*	쫌 사랑한데이 . *jjum sa-rang-han-de-i.*	我愛你。
아니야 . *a-ni-ya.*	안이다 . *a-ni-da.*	不是。
할머니 . *hal-meo-ni.*	할매 . *hal-mae.*	奶奶。
괜찮아 . *gwaen-cha-na.*	괘안타 . *gwae-an-ta.*	沒關係。
어쩌지 ? *eo-jjeo-ji?*	우짜노 ? *u-jja-no?*	怎麼辦？
맛있지 ? *ma-sit-jji?*	맛있제 ? *ma-sit-jje?*	好吃吧！

(四)

首爾音	釜山音	中文
밥먹었니？ *bam-meo-geon-ni?*	밥뭇나？ *bam-mun-na?*	吃過飯了嗎？
바쁘구나. *ba-ppeu-gu-na.*	바쁘드나. *ba-ppeu-deu-na.*	很忙吧。
진짜 덥다. *jin-jja deop-tta.*	와 이리 덥노. *wa i-ri deom-no.*	真的好熱。
너무 좋다. *neo-mu jo-ta.*	와 이리 좋노. *wa i-ri jon-no.*	太好了、太喜歡了。
나는 몰라. *na-neun mol-la.*	내는 모른데이. *nae-neun mo-reun-de-i.*	我不知道。
정말이야？ *jeong-ma-ri-ya?*	어 그래？ 맞나？ *eo geu-rae? man-na?*	真的嗎？是這樣嗎？
보고싶다. *bo-go-sip-tta.*	보고 싶데이. *bo-go sip-tte-i.*	想你。
열심히해. *yeol-sim-hi-hae.*	열시미 하래이. *yeol-si-mi ha-rae-i.*	認真做吧！

(五)

首爾音	釜山音	中文
너 술먹었지？ *neo sul-meo-gat-jji?*	니 술먹었제？ *ni sul-meo-geot-jje?*	你喝酒了嗎？
형 반가워요. *hyeong ban-ga-wo-yo.*	행님 반갑습니데이. *haeng-nim ban-gap-sseum-ni-de-i.*	哥，很高興認識你。
그냥 그만둬. *geu-nyang geu-man-dwo.*	마 고마쎄리 치아뿌라. *ma go-ma-sse-ri chi-a-ppu-ra.*	就這樣算了吧。
우와 참 많네. *u-wa cham man-ne.*	천지 백가리네. *cheon-ji baek-kka-ri-ne.*	哇！真的很多呢。
이제 그만해. *i-je geu-man-hae.*	됐다리고마해라. *dwaet-tta-ri-go-ma-hae-ra.*	到此為止吧。
많이 옥수로. *ma-ni ok-ssu-ro.*	많이 억수로. *ma-ni eok-ssu-ro.*	很多。
건강하세요. *geon-gang-ha-se-yo.*	건강하이소. *geon-gang-ha-i-so.*	祝您身體健康。

어떻게 지내？ *eo-tteo-ke ji-nae?*	머하고 사노？ *meo-ha-go sa-no?*	最近過得怎麼樣？
형 왜 그래요． *hyeong wae geu-rae-yo.*	행님도 참 와 그라는교． *haeng-nim-do cham wa geu-ra-neun-gyo.*	哥，你怎麼了？
또 놀러와요． *tto nol-leo-wa-yo.*	또 놀러오소． *tto nol-leo-o-so.*	有空再來玩喔。

㈥

首爾音	釜山音	中文
너 나 보고 싶지？ *neo na bo-go sip-jji?*	니 내 보고싶제？ *ni nae bo-go-sip-jje?*	你想我吧？
혹시 너 아니야？ *hok-ssi neo a-ni-ya?*	혹시 니 아이가？ *hok-ssi ni a-i-ga?*	難道不是你嗎？
공부 열심히 해？ *gong-bu yeol-sim-hi hae?*	공부 열시미하나？ *gong-bu yeol-si-mi-ha-na?*	有用功認真讀書嗎？

全羅道方言：전라도 사투리

(一)

首爾音	全羅道音	中文
내가 . *nae-ga.*	나가 . *na-ga.*	我。

(二)

首爾音	全羅道音	中文
지금 . *ji-geum.*	시방 . *si-bang.*	現在。
싫어 . *si-reo.*	싫당게 . *sil-tang-ge.*	討厭、不喜歡。
학교 . *hak-kkyo.*	핵교 . *haek-kkyo.*	學校。
먹다 . *meok-tta.*	묵다 . *muk-tta.*	吃。
몰라 . *mol-la.*	모른당게 . *mo-reun-dang-ge.*	不知道。
아주 . *a-ju.*	아조 . *a-jo.*	非常。
조금 . *jo-geum.*	쪼까 . *jjo-kka.*	稍微、一點點。
그냥 . *geu-nyang.*	기냥 . *gi-nyang.*	就這樣、沒什麼。

(三)

首爾音	全羅道音	中文
아이고. *a-i-go.*	아이고매. *a-i-go-mae.*	唉呦。
뭐하니? *mwo-ha-ni?*	뭐다냐? *mwo-da-nya?*	在做什麼？
뭐라고? *mwo-ra-go?*	뭐라고라? *mwo-ra-go-ra?*	你説什麼？
맛있다. *ma-sit-tta.*	맛나다. *man-na-da.*	好吃。
선생님. *seon-saeng-nim.*	선상님. *seon-sang-nim.*	老師。
그리고. *geu-ri-go.*	그라고. *geu-ra-go.*	以及。
그러면. *geu-reo-myeon.*	그라믄. *geu-ra-meun.*	那樣子的話。
그렇지. *geu-reo-chi.*	그라제, 글제. *geu-ra-je, geul-jje.*	沒錯就是這樣的。
이렇게. *i-reo-ke.*	요로코롬. *yo-ro-ko-rom.*	就這樣。
죽고 싶어? *juk-kko si-peo?*	디질래? *di-jil-lae?*	找死嗎？

(四)

首爾音	全羅道音	中文
상관없다. *sang-gwa-neop-tta.*	일없당게. *i-reop-ttang-ge.*	沒關係、沒關聯。
아이 추워. *a-i chu-wo.*	오메 추운거. *o-me chu-un-geo.*	好冷喔。
빨리빨리. *ppal-li-ppal-li.*	싸게싸게. *ssa-ge-ssa-ge.*	快一點。

| 죄송해요 .
joe-song-hae-yo. | 죄송혀라 , 죄송스럽네잉,
미안하당게 , 죄송시럽네
요 .
joe-song-hyeo-ra, joe-song-seu-reom-ne-ing, mi-an-ha-dang-ge, joe-song-si-reom-ne-yo. | 不好意思。 |

㈤

首爾音	全羅道音	中文
안녕하세요 ? *an-nyeong-ha-se-yo.?*	안녕하셨지라 ? *an-nyeong-ha-syeot-jji-ra?*	您好。
감사합니다 . *gam-sa-ham-ni-da.*	고맙고망잉 , 감사혀 . *go-map-kko-mang-ing, gam-sa-hyeo.*	謝謝。
반갑습니다 . *ban-gap-sseum-ni-da.*	아따 징하게 반갑소잉 ~ *a-tta jing-ha-ge ban-gap-sso-ing~*	很高興認識你。
배가 고프다 . *bae-ga go-peu-da.*	배고파 다져죽겠다 . 아따 겁나게 배고프랑께라 . *bae-go-pa da-jeo-juk-kket-tta. a-tta geom-na-ge bae-go-peu-rang-kke-ra.*	肚子餓。

㈥

首爾音	全羅道音	中文
어디 아프세요 ? *eo-di a-peu-se-yo?*	어디 아프당가 ? 어디가 어픈 게라 ? *eo-di a-peu-dang-ga? eo-di-ga eo-peun ge-ra?*	哪裡不舒服。
오랜만입니다 . *o-raen-ma-nim-ni-da.*	아이고 , 오랜만이네잉 ~ *a-i-go, o-raen-ma-ni-ne-ing~*	好久不見囉。

㈦

首爾音	全羅道音	中文
안녕히 주무세요 . *an-nyeong-hi ju-mu-se-yo.*	잘 주무시라잉 ~ *jal jju-mu-si-ra-ing~*	晚安。 (안녕히 주무셨어요 ? 잘 주무셨당거 ?)

(八)

首爾音	全羅道音	中文
그게 무엇입니까？ *geu-ge mu-eo-sim-ni-kka?*	그게 뭔디？ *geu-ge mwon-di?*	那個是什麼？

(九)

首爾音	全羅道音	中文
지금 뭐라고 하셨나요？ *ji-geum mwo-ra-go ha-syeon-na-yo?*	시방 모라고라？ *si-bang mo-ra-go-ra?*	您說什麼呢？

國家圖書館出版品預行編目(CIP)資料

手機平板學韓語迷你短句 / 陳慶德編著. -- 初版. --

新北市 : 智寬文化, 2015.01

面 ； 公分. --（韓語學習系列 ; K007）

ISBN 978-986-87544-9-2(平裝附光碟片)

1. 韓語 2. 讀本

803.28 103027120

韓語學習系列 K007

手機平板學韓語迷你短句—從「咯咯咯」（ㅋㅋㅋ）開始 (附光碟)

2015年2月　初版第1刷

編著者	陳慶德
錄音者／審訂者	洪智叡（韓籍教師）
審訂者	金玟愛（김민애）
出版者	智寬文化事業有限公司
地址	23558新北市中和區中山路二段409號5樓
E-mail	john620220@hotmail.com
郵政劃撥・戶名	50173486・智寬文化事業有限公司
電話	02-77312238・02-82215078
傳真	02-82215075
印刷者	彩之坊科技股份有限公司
總經銷	紅螞蟻圖書有限公司
地址	台北市內湖區舊宗路二段121巷19號
電話	02-27953656
傳真	02-27954100
定價	新台幣299元